长生殿

风咕咕 著

辽宁人民出版社

© 风咕咕 2022

图书在版编目（CIP）数据

长生殿 / 风咕咕著 . —沈阳：辽宁人民出版社，
2022.1

ISBN 978-7-205-10321-7

Ⅰ . ①长⋯ Ⅱ . ①风⋯ Ⅲ . ①长篇历史小说—中国—
当代 Ⅳ . ① I247.5

中国版本图书馆 CIP 数据核字（2021）第 224293 号

出版发行：辽宁人民出版社
　　　　　　地址：沈阳市和平区十一纬路 25 号　邮编：110003
　　　　　　电话：024-23284321（邮　购）　024-23284324（发行部）
　　　　　　传真：024-23284191（发行部）　024-23284304（办公室）
　　　　　　http : //www.lnpph.com.cn
印　　刷：北京长宁印刷有限公司天津分公司
幅面尺寸：145mm×210mm
印　　张：7.75
字　　数：167 千字
出版时间：2022 年 1 月第 1 版
印刷时间：2022 年 1 月第 1 次印刷
责任编辑：赵维宁
封面设计：乐　翁
版式设计：一诺设计
责任校对：刘再升
书　　号：ISBN 978-7-205-10321-7
定　　价：49.80 元

唐，天祐元年，长生殿传言重现天下，弘凤县县令晏瑶贝命悬一线，所有的屠戮都指向一场蓄谋已久的杀局……

目录

楔子

天祐元年（904），秋。

别无道的大雨肆虐地冲刷着黄水塘里那只模糊的手，黏稠的血水上漂浮着两颗嫩黄的小浆果。雨泡子越下越大，小浆果越聚越多。

直到晏瑶贝发狠地拽掉裹在身上的大唐龙旗，小浆果散落一地，那是龙旗上的风眼，失去了龙威的眼！

晏瑶贝疯狂地爬过去，拼劲全身力气抓住了那只手。

"啊——"天空划过一道割裂阴阳两界的闪电。

从此，晏瑶贝的世界只剩下永夜。

第一章　长生殿密钥

残阳如血，一片片尖如鳞片的碎云在肃杀的血光里淬炼成一把锋锐的无环刀，这把刀高悬在失去天子的长安城的头顶。

晏瑶贝赶在夜禁前踏过失去金光的金光门，穿过萧瑟的居德坊，奔往震荡的西市。她走得很快，眼底满是无情倾轧的血丝。仿若每走一步，她便离真相近了一步。她告诉自己：不要怕，更不要回头！

"小二，住店！"

晏瑶贝站在长生客栈的门口，用力推开那扇雕琢富贵牡丹的大门。

一束强光径直穿透了那具玲珑的身体，仿佛坠入了穿梭时光的隧道，她真切地看到了百年前那个繁花似锦、盛世太平的大唐！

"唉哟，又来了一个姑娘！"

一个满脸络腮胡子的男人扯着生硬的长安调，半眯着眼喝下一大口阿婆清，喉里发出粗野的咕噜声。他猛地站了起来，颤颤悠悠地走向孤身一人的晏瑶贝。

此时的晏瑶贝有些狼狈，头上的螺髻松散地落下了几缕碎发，艳红的百褶襦裙和云纹宽带都浸透着从弘风县到长安城的尘土，连腰间的小铜镜都失去了原有的光华。

晏瑶贝不在乎这些。她紧张地摸了摸胸口，那里有一枚百草霜色的宝石，宝石上刻着一个"子"字！

这是孪生哥哥晏恩贝失踪前留给她的唯一的线索。

剩下的，只能靠她自己！

长生客栈！晏瑶贝挺直了疲惫的背，仔细盯着眼前的一切，那纸醉金迷的五彩幻境在她那小小的瞳孔里一寸寸地剥离、碾压、破碎，直到恢复最初的旧色。

那是大唐奄奄一息的底色。

她仿佛听到茂盛的榆树叶在沙沙作响，树上的孤独老鸦在凄惨啼鸣，那微凉的风化作无形的魅影穿梭在黄土堆积的坟冢。每个坟冢前都立着一块空白的墓碑，墓碑上没有名字，没有花纹装饰，没有红布祭拜，只是一块沉默冰冷的石头。而这些沉寂死气的石头又似乎是一面面镜子，生生映出坟冢的暗影。

暗影里藏着一张张不甘的脸，有的在笑，有的在哭，有的在偷窥，还有的在哀怨，在咒骂。他们的肉身埋在土里，腐烂成了泥，他们的魂困在被长安城遗忘的角落。

他们都是大唐的子民！

晏瑶贝悄悄地勾住袖袋，做好随机应变的准备。

"姑娘，请让一让。"

突然，晏瑶贝的身后传来一声孱弱里透着温暖的声音，一位穿着圆领窄袖月白色长袍的年轻公子轻咳了一声，腰间的一方暖玉印章微微颤了几下。

他的额很宽，眉很重，高耸的鼻梁下是泛白的唇，这让晏瑶贝不由自主地想到了自己的唇。她没吭声，冷冰冰地朝着一张空着的壶门足长条桌走了过去。不但礼让了年轻公子，还恰好让络腮胡男人扑了空。

络腮胡反应很快，及时调整了猎物，伸出一双粗糙的手。

"哎哟，这位公子好白！"

晏瑶贝的眉心一紧，那颗不懂事的臼齿又莫名地疼了起来。

谁知，年轻公子根本一动未动，络腮胡却发出穿透耳膜的惨叫，残臂定格在半空，断裂的血管还没来得及喷射，年轻公子坐到了晏瑶贝的对面。他明明在勾唇微笑，晏瑶贝却感受到一股强烈的寒冷，还有疏离。

随即，门外来了一群不速之客，领头的是一位头裹平头巾子、满脸皱纹的老者，他眯着眼，眼底勾出一抹化不开的戾气。

"云公子，人情我还了！"

云离安微微点了点头。

老者瞄了一眼坐在云离安对面，紧抿着唇的晏瑶贝，随心地动了动手指，一个黑衣人的无环刀扎在络腮胡的胸口。络腮胡来不及喊，气绝而亡。黑衣人熟练地拖起尸体走了出去。

客栈内一切如初，就好像什么都没有发生过。晏瑶贝竖起耳朵，只听到热腾腾的茶炉里涓埃之微的吱吱声。

看来，就是这里！晏瑶贝死死咬住了臼齿。

"小二，住店！"老者玩味地抚摸着光滑的下颌，坐在晏瑶贝和云离安的邻桌。

守在柜台的账房先生一手握着紫毫，一手飞快地敲打着算盘珠子。

"哎，哎，来了！"

他笑面相迎地走到老者的面前，他习惯地搓了搓双手，十根纤长的手指交叉在一起，晏瑶贝清楚地看到了食指和中指间磨出的老茧。

"老规矩，二楼！"老者从身后的侍从手中接过朱色的漆盒，那是一套秘色的茶具，精巧的花型和如玉的釉色让人移不开眼睛。官窑上品！晏瑶贝的眸色愈加深沉，她发现云公子却没有丝毫的惊讶。

他也是刻意找来的吗？

这时，账房先生走到茶炉前，动作娴熟地从茶壶里分出三沸的热茶，他将热茶又倒了回去，用竹夹在双层藤纸里夹一块茶饼，又夹了肉蔻、桂皮、薄荷，还加了一勺盐和两勺茶末，一起倒入茶汤。

不一会儿，茶汤沸腾翻滚，他用浸满茶色的竹篦滤出泡沫和茶渣，将热茶倒入醒茶的母杯。

当茶色渐渐变浅，茶香缓缓溢出，他又动作流利地将母杯里的茶汤倒在细腻如冰的茶壶里。

最后，他拎起茶壶，稳稳地摇晃，反复三遍后，他才笑呵呵地将热茶倒在老者的小茶碗里。

浸透着肉桂的茶香像平康坊的女人一样袅袅地溢了出来，掩盖了弥漫的血腥和所有人的不宁。

"二楼的房间已经准备好了，通花软牛肠、葱醋鸡、暖寒花酿驴蒸、鸭花汤饼等吃食都准备好了，鱼脍也在后厨贴着冰呢，随时可以上。"账房先生放下竹勺，语调卑微地说道。

"嗯！"老者端起小茶碗，闭着眼小啜了一口，那微微咂舌声让人想起了人间烟火。

晏瑶贝和云离安各自和账房先生订了客房，账房先生回到柜台前又忙碌地打起了算盘珠子。

"伙计，也给我舀壶茶！"一记响亮的胡音儿从角落里传来。时光流转，一切又回到晏瑶贝开门的那个瞬间。

"哎，你听说无脸案了吗？"邻桌的宾客开始七嘴八舌地讲起长安城的市井事。

晏瑶贝和云离安各自舀一壶茶，暂时融入这个封闭的空间。

"长安城谁不知道无脸案？听说花坊的姑娘都死了五十六人了，个个都是水灵灵的娘子，不仅穿了心腹，连整张脸都没了。呦呦，那叫一个惨不忍睹啊。"

"是六十六人，昨日东市的孟家花窖又发现十具无脸女尸，都是锦绣教坊里会跳胡旋舞的姑娘，听说脸皮儿没了，啥都没了，官府都不敢声张呢。"

"哪里是官府不敢声张？死的都是花坊里的娘子，大理寺不管，长安县令哪有破案的本事？这世道本来就乱，谁不希望长生保命啊。"

那人故意将长生两个字咬得极重，晏瑶贝的眸一顿，清亮的茶水荡起了涟漪，她微微抬起头，刚好迎上云离安的眸，眸心深处凝结着自己的小像儿。

晏瑶贝很不喜欢这种对视，她选择了陌生人的疏离。云离安却莫名地扬起嘴角，满脸温暖。

众人还在继续讨论无脸案，晏瑶贝也竖起耳朵，认真地听着。

"当年的长安神探在世，也难破案，因为凶手是鬼！"

"鬼？！"

"是啊，你们还记得元和年间的花魁——紫璇姑娘吗？"

"哎呀，平康坊最神秘的花魁——紫璇姑娘，她美若昙花，身轻如飞燕，琴棋书画样样精通。尤其是琴技，深得李龟年后人的指点，一曲《胡笳十八拍》荡气回肠，婉转悲伤，听闻者无不落泪！她还擅长舞剑，舞剑时身披红绸，人剑合一，打令的舞姿比男子更铿锵有力，连振军大将军都对她赞不绝口。"

"听闻当年全长安城的男人都在为紫璇姑娘寻找长安春，长安二月多香尘，盛香坊拔得头筹。可惜，紫璇姑娘为心爱的男人命丧鹤坊，死得不明不白。听说她死的那夜，全长安城的昙花都开了，从此平康坊再没出过出挑儿的花魁！"

"这就对了，后世的花坊姑娘皆以紫璇姑娘为魁首，教坊还特意编了一曲以紫璇为名的剑舞，跳得有模有样。这让屈死地下的紫璇姑娘哪能心甘啊？她自然要来阳间抓人。谁学了她，她自然要拿走东施效颦的那张脸！"

"对哈，无脸案的第一个死者不就是过气的花魁，人称小紫璇的凌玖月吗？"

"小紫璇也好，紫璇也罢，让长安神探在阎王殿抓人吧，咱们在长安客栈话长安！"

"对，长安，长安！"一群人渐入醉意，开始说起零零碎碎的酒话。

晏瑶贝沉默地咽下泛着辛气的热茶，脑海里习惯地勾勒出一幅无脸案的雏形图。

她甚至想解下腰间的小铜镜进行射覆断案。可是，她很快制止了自己这种可怕近乎强迫的想法。她现在是自身难保，官司缠身，哪有精力管其他的事情，更何况这里是长安城，曾经的天子脚下，怎么轮得到她一个小小的弘风县县令来管？再说，连这个芝麻豆大小的官职也是徒有虚名，暂时的，她和哥哥晏恩贝各担了一半的虚名。

天下何时能朗朗乾坤？晏瑶贝反复拂过那面光滑的小铜镜。

突然，一个一眼就能让人看出男装打扮的少女从二楼的楼梯上连蹦带跳地扑下来，刚好坐在晏瑶贝和云离安的中间。少女招摇地将一把镶嵌彩色宝石的匕首重重地拍在桌子上，华丽的牛皮匕鞘上缓缓润开淡淡的水渍。

"闲杂人等，休得妄言，我是现任长安神探，已经掌握无脸案的重要线索，马上就能抓到残忍的凶手。"

"哈哈——"少女的大话引来众人哄堂大笑，只有云离安一动未动，那双滑润的手稳稳地落下茶碗，半杯见底的茶汤没有一丝波澜。晏瑶贝本来和云离安一样，只是她有些好奇，记起了走进长生客栈听到的第一句话。

是她！晏瑶贝仔细打量着眼前的少女。她长了一双伶俐的、宛如清晨露珠般清澈的眼，高挑的鼻梁下是小巧殷红的樱桃口，皮肤滑嫩紧致，香气浓郁。即使穿着不良人（唐代主管侦缉逮捕的差使）威武的官袍，依旧挡不住扑鼻稚气。准确地说是贵气，一种蛮横里透着涉世未深的贵气！

要知道，贵气是天下人最羡慕的、最想拥有的。可是这里偏偏是一眼千年的长安城，贵气反倒成了累赘，不知有多少旧时王谢堂前燕，飞入寻常百姓家呢？

晏瑶贝想起晏家的过去，心底翻滚着说不出的苦涩。

"小二，来壶茶！"少女尖锐地喊着。

"来喽！"账房先生再次拿起竹勺舀茶，还不忘给同桌的晏瑶贝和云离安续了茶汤。

他还从伙计手里端来一碗热气腾腾的汤饼恭敬地送到少女面前，故意调高语调："之前让姑娘受惊了，今天的吃食都算在我的账上。"

谁知少女根本没有领情，她拎起装铜钱的荷包，满不在乎地哼道："我浑身本领，哪能怕恶人？方才我只是去楼上挑选客房了。我可不想占便宜，这点小钱，姑娘还花得起，我看中了四楼的甲字房，就是拐角的那间客房。"

甲字房？晏瑶贝尴尬地抬起头，云离安正眉眼含笑地看着她。

夜渐渐地沉，外面响起有气无力的夜禁鼓声，意味着长安城即将进入遍布杀局、危机四伏的长夜。

四楼甲字房她早就订下了，晏瑶贝冷冷地瞪了云离安一眼，抓起碎花布的褙裙站了起来。

"哎哟，姑娘，你看能不能——"账房先生莫名其妙地拦住了她。

晏瑶贝的嘴角闪过一丝讥诮，长安果然不是过去的长安了，真是人心薄凉，毫无信用。她懒得和不守承诺的人啰嗦，直接走向通往四楼的楼梯。

"姑娘，换一间房，房钱减半！"账房先生开始玲珑地劝说，并挡在晏瑶贝的面前。

晏瑶贝停下脚步，刻意地向后退了一大步，拒绝地说道："凡事都讲究先来后到，我既然已经先订下了四楼的甲字客房，你们怎能出尔反尔？不如……"她瞄了少女一眼，"不如给她换一间客房，房钱可以和那碗汤饼一样。"

"不行！"还没等账房先生开口，少女蛮横地站起来，"那间房是我看中的，我是官家的人，出门办案，自然要受到优待！"少女手腕一抖，亮出官府不良人的腰牌。

那是晏瑶贝最熟悉的东西了，她一眼就看到了三个工整的大字：钟夭夭。不过，夭夭两个字的起笔似乎在动，在蠕动！

那是？晏瑶贝眯着眼，发现了腰牌上的端倪。她又认真打量了少女一番……

果然如此，晏瑶贝心里有了大概的定数，不想和她继续纠缠。

少女却愈加无礼："你快把客房让出来，不然本姑娘要你好看。"

晏瑶贝不气不恼，反倒语调迟缓地劝慰道："钟姑娘，现在这里无案可办，不如让外面巡街的武侯送你回家！"

"那是我的事，不用你管！我今晚必须住四楼甲字号，你必须让给我。"钟夭夭大言不惭地晃动倚仗的腰牌，恶巴巴地威胁道，"若是不让，小心我让武侯抓你进大牢！"

"嗯！"云离安闷闷地咳了一声，连那位神秘的老者都睁开了眼睛，客栈内更是鸦雀无声。

那一缕缕或是殷切、或是笑意、或是冷漠、或是渴望的目光，深深刺痛了晏瑶贝的心。

在来长安城之前，她设想过无数的困境，无数的危险，只是从未想过会遇到这般难缠的事情。

血雨腥风无人问，譬如半个时辰前虽然可恶，却不至于消失的生命；蝇营狗苟人人知，譬如此时两个姑娘间无聊的纠缠。

如今的世道真的变了！

她能在这里找到哥哥吗？传说中的长生殿能让大唐长生吗？

晏瑶贝想到此行的目的，柔软的内心坚硬了起来。

"我、不、让！"

"你——"钟夭夭恼羞成怒地跺脚，"我是长安神探——"

"长安神探？"晏瑶贝的眸心闪过聪慧的光泽，那是她原有的颜色。

既然你执意出丑，我只好送你一程。晏瑶贝眯起猫眼，漫不经心地指向每个桌烛台上的白蜡，说道，"长安客栈是长安城最炙手可热的客栈，今晚一见，真是名不虚传。这是蜀地剑南道的虫蜡，是用栖息在女贞树和白蜡树上的白蜡虫吐出的蜡油制成的，此蜡洁白珍贵，味道更是醇香。这会儿天刚擦黑儿，店小二还没来得及点灯。不过，钟姑娘的身上却有很重的灯油味道，非彼蜡油。这就奇怪了。"

"哪里奇怪？"有人忍不住地问。钟夭夭的神色有些紊乱。

晏瑶贝目光一紧："钟姑娘不是说刚才去楼上看客房吗？客栈主人都舍得在大厅点虫蜡，怎会在甲字客房点油灯？那不奇怪吗？钟姑娘去哪里了？"

"我就是去看客房了。"钟夭夭强调。

"是吗？"晏瑶贝上下打量钟夭夭，认真地说道，"你的右袖口有半片油渍，不良人的腰牌上粘着两只蚂蚁，我猜是在吸食石蜜吧。还有那把匕首，鞘柄上凝结着水珠，我猜是放在过

11

温度过低的地方，比如说盛鱼脍的冰块？那这把匕首会不会挂着鱼腥气呢？"晏瑶贝的眸色深去了几分。

"你胡说！"钟夭夭急忙将匕首藏进袖袋，"我根本没有去厨房偷吃。"

"偷吃？"晏瑶贝莞尔一笑，"听说厨房准备了通花软牛肠、葱醋鸡、暖寒花酿驴蒸、鸭花汤饼，还有贴在冰块上的新鲜软口的鱼脍——"

"啊？"账房先生听到晏瑶贝的话，脸色变得惨白，连忙一路小跑地奔向后厨。

晏瑶贝恢复了清冷的模样，云离安一直在盯着她。

钟夭夭还在硬撑："你不要乱说，你有证据吗？"

"证据？"晏瑶贝微笑，"你看看鞋底是不是黏了烧火的黑炭？"

"我！"钟夭夭死死地踩着脚下，更是紧张地挺直了单薄的腰身，"我是不良人。"

晏瑶贝重敲："不良脊烂，恶迹者之多，想必钟姑娘经常犯偷吃的恶迹才当上不良人的。"

"我，我——"钟夭夭羞愧得哑口无言。

这时，后厨传来一声无望的号叫，随后是碟碟碗碗落开花的翻滚。

晏瑶贝扬起嘴角，一副事不关己、高高挂起的姿态。

屋内的宾客发出啧啧的赞许。

那名老者意蕴深长地看着晏瑶贝，连说了三个："有趣，有趣，有趣——"

云离安依旧面无表情，清冷的唇似乎更惨淡了。他的眸心燃烧着一团红艳的倩影，剧烈的痛像团烈火在他的胸口燃起，烫着他的心，迅速蔓延到身体的各个部位，直到延伸至冰冷的足尖，指尖。他艰难地强制自己不要心软，他又艰难地告诉自己不要将这份美好打碎。

他该拿她怎么办？

晏瑶贝！

云离安摸着胸口，那里有一条系着红线的小金球……

"咚咚——"一阵急促的敲门声吸引了所有人的注意，夜禁时期谁会来呢？

小二犹豫一下，缓慢地抽出两尺长的门栓，开了门，一股散发着膻气的味道扑面而来。

一个戴着芦苇草帽的老头儿挑着两个竹筐站在门口。老头儿的个子不高，身上的麻布袍子显得松松垮垮，腰间系的酒葫芦似乎随时都要掉在地上，像个套子里的人。

"对不住了，东家，今天喝多了，进城晚了，让巡城的武侯讹走了两吊子牛肠和半匣子鸭胸脯，今天的货少了些。不过今天的鲈鱼很肥美，套着鱼弓，鱼眼也盖着蒲苇叶呢。呃！"老头儿不经意地打了一个满是酒气的饱嗝，小二嫌弃地扭过头。

"扁担伯，你来得正好！"从后厨跑出来的账房先生像见到亲人一般，急躁地喘着粗气，"后厨都快翻天了，快点送过去吧。"

"好嘞！"扁担伯半蹲着身子做出扎马步的姿势，使足了气力挑起磨得光滑的竹扁担。可惜力量过猛，扁担两头的竹筐不平衡，差点打个趔趄，酒葫芦碰得叮当响。他扶着门框勉强站住，又重新挑起扁担，晃晃悠悠地走了进来。

他与晏瑶贝擦肩而过的时候，晏瑶贝闻到了一股血腥的味道，晃悠的竹筐滴答着水滴，光滑的回字纹地面上留下一行不规则的、断断续续的线条。

账房先生卑微地走到老者面前："晚上的膳食要晚半个时辰了。"

老者瞟了一眼晏瑶贝和钟夭夭，紧起嘴角："也罢，送到房里用吧。"

"是！"账房先生又双手交叉地搓了搓手，做出请的动作。

老者在一行黑衣人的护送下走向二楼。

大堂内一下子安静下来，夕阳的余晖渐渐失去力量，疏密的暗影忽暗忽明地映在每个人的脸上，照出每个人的心事。

小二开始忙着掌灯。

晏瑶贝不愿再与钟夭夭纠缠，她轻轻挑起红艳的襦裙准备回客房休息，谁知钟夭夭竟然恼羞成怒地蹿了过去。

"不行，那间客房是我的。"钟夭夭索性撒泼到底，"把客栈老板叫出来，我就要住四楼的甲字房。"

"哎哟，我的姑奶奶呀！"账房先生哭丧着脸，差点给钟夭夭跪下，"别闹啦，别闹啦，今晚整间客栈都满了，已经没有多余的客房了。"

"没有客房了？"钟夭夭瞪大眼睛，"那我住哪里？"

"这？"账房先生欲哭无泪地转向晏瑶贝，恳求道，"四楼的甲字房是两小间，分别都是独立的卧房。既然两位都是单身姑娘，不如同住，彼此也好有个照应。"

"同住？"晏瑶贝和钟夭夭同时错愕地指向对方。

14

微光，一种极致的微光，宛如大唐昨日的余威，驱散着陈墨般的寒，所有的景象都蒙上了一层淡淡的晦涩，那是裹在松脂里的琥珀色。

四周静悄悄的，长生客栈仿佛真的变成一块永不沉没的琥珀。琥珀是凝固的，长生客栈却是流动的。

长生客栈的每个客人都有自己的目的，包括她和他，还有他和她。谁让以前的大唐不这样，就现在的大唐这样，偏偏让你赶上了。

自从梁王朱温上演了挟天子以令诸侯的大戏，这江山便不再姓李了。命中注定的天子被迫离开长安，软禁神都洛阳，沉寂百年的长生殿传说再次传得纷纷扬扬。

长生殿，保长生，大唐永长生！

传言太宗朝，国师袁天罡为保大唐长生，修建长生殿。长生殿在无光之处，只要点亮长生殿内九野二十八星宿的宫灯，照亮长生路，开启长生门，便能扭转乾坤，阴阳倒置，大唐江山得以长生。

据说，李氏皇族曾在武后天朝和安史之乱开启过长生殿，大唐江山才在危难间得以长生延续。

后因玄宗帝思念贵妃，盛怒之下毁掉了长生殿的地图，从此无人再知晓长生殿的秘密。

天宝年后，大唐日益败落，李氏皇族将长生殿当成仅存的救命稻草，数次派出弘文馆、不良人的精锐寻找长生殿，皆无功而返。长生殿的传说也逐渐淡出世人的视线。

直到朱温篡国，天子蒙难，长生殿的传说终于掀起了轩然大波。或许是大唐真的到了颠覆与挽救的时刻，几张长生殿的拼凑地图竟然重现于世，一切消息皆来源于长安城的长生客栈。

有人想让大唐长生，有人想让大唐完结，还有人想浑水摸鱼。

矛盾的激发点、转折点、神秘点都在长生客栈！

晏瑶贝的意图本不在长生二字，但孪生哥哥晏恩贝的失踪却和长生有莫大的关系。她没日没夜地赶了十日的路，就是来这里一探究竟！

这会儿，晏瑶贝好不容易摆脱了同客房的钟夭夭，轻轻地关上房门，蹑手蹑脚地穿过铺着松软胡毯的走廊，来到三楼。

三楼的布置和四楼大同小异，晏瑶贝很快找到挂着甲字房木牌的客房。

他就住在这里。

晏瑶贝习惯地眯起那双涂色的猫眼，眼眸的深处闪过狡黠的光芒。自从走进长生客栈，她认真地观察过每一个客人。

那位老者的身份她已心知肚明，钟夭夭的来历她也略有所知。其他人大多是喽啰小辈，受雇于各自的主人在长生客栈内刺探长生殿的消息。

唯一让她看不透的就是这位波澜不惊的云公子——云离安，她在账房先生的手实上看到了兴化坊—云离安的名字。

他是长安人，为何要住客栈？他又做过怎样的事情会让那位权倾的老者用如此残忍的方式还人情？

晏瑶贝的直觉一向敏锐，这位云公子的内心远不止外表这般羸弱温润，尤其是腰间的那枚印章。

晏瑶贝想到了哥哥留下的那些神秘信函上的印章，他会是长期和哥哥通信的那个人吗？他和哥哥的失踪有关吗？

答案要靠她自己去找、去验证！

半个时辰前，她听送热汤的娘子说，三楼甲字房的公子不喜卧房有烟火气，执意去大堂用餐。

那就是说，此时，云离安不在客房。

晏瑶贝故意推开一条微小的门缝，反复确认房内无人之后，她迅速推开门，走进客房。那动作快得让人来不及眨眼，走廊已经空无一人，却忘记了螳螂捕蝉、黄雀在后的道理。

晏瑶贝关门的瞬间，走廊尽头有个模糊的轮廓愈加的清晰，他的唇微微一动，默念出三个字。

"晏瑶贝！"

晏瑶贝冷不丁地打了一个喷嚏。

她立刻捂住鼻子，四下里瞄了瞄，确定无大碍，才淡定地挺直了柔弱的腰。

一定是家里的阿苗又念叨她了。

晏瑶贝直接奔向最里面的卧房，翻开云离安随身携带的包裹，她要找到一条特别的红绸带，她最憎恨的红绸带。

云公子的衣物不多，基本都是贴身衣物，晏瑶贝的动作很快，更是有些脸红。她有意避开略为敏感的衣服，翻向下面。她没有如愿地看到红绸带，只看到一把梅鹿竹的折扇。折扇的扇套上绣着淡色的兰竹，这是世家公子最喜欢的样式，也是附庸风雅的表现，倒是符合云离安假模假样的气质。

不过，扇柄上的红璎珞坠子引起晏瑶贝的注意，实在是太红了，红艳的颜色和淡色的兰竹完全不搭，就像城府极深、让人看不透的云离安！

他是故意的？晏瑶贝盯着红璎珞怔怔出神……

突然，屋外传来嘈杂的喊叫，晏瑶贝抬头迎过去，呛人的黑烟像无形的鬼魅粗鲁地在房内肆意游荡，她感受到强烈的炙热和窒息。

火！着火了！晏瑶贝意识到出事了。

不好！

叛逆的大火已经烧红墙壁，长长的火舌贪婪地舔着客房唯一的逃生出口——那扇镂空牡丹的木门。

晏瑶贝迅速拽下扇柄上的红璎珞，冲向门口，她这才发现问题的严重和巨大的危险。

有人在外面给门上了锁，这把锁让她暂时隔离了火海，同时也阻挡了她的逃生。

以晏瑶贝两年前协助哥哥查办的一桩纵火杀人案的经验来看，用不了半炷香的工夫，火苗会变成长有一双无影脚的律令，以燎原的残酷方式，在屋内燃爆，最终蔓延成一片九层天宫的火海，吞噬世间美好的一切。那面夹缬山水屏风会化为灰烬，她也会变成一具漆黑的骨，连块血肉都不会留下。

晏瑶贝的额头布满了细汗。说实话，此时，她很慌乱，也很热。过去，她总觉得自己独立，有本事，不同于那些困在闺房里的同龄女子。可是自从失去哥哥的庇护，每走一步都如此艰难，原来这些年自己一直都生活在哥哥的庇护之下。如今，哥哥无故失踪，她能拨开迷雾独当一面吗？

她并不是想要活着，但绝不能死！

晏瑶贝强迫自己冷静下来，吸了一口气，搬起沉重的几案。她铆足了力气，必须要破门而出。

可是就在她破门的瞬间，那扇木门竟然从外面猛地敞开了，一团跳跃的火苗噌地蹿进屋。

"傻站着干什么？"站在门口的钟夭夭甩着一件烧焦的长袍，大声地喊，"赶紧跑呀！"

晏瑶贝一惊，她没有睡？跟踪自己，还救了自己？

"走！"钟夭夭见晏瑶贝不动，焦急地牵起她的手，一路狂奔。

两人逃生的路线不太顺利，很快，晏瑶贝发现火情比预想的还要严重，并不是只有三楼着火，而是整个长生客栈都陷入了火海。肆虐的大火死死地阻挡了每个楼层的出口，想要逃生，除了靠上天给的运气，冲出火海的勇气，还要有求生的体力和优秀的记忆力！

晏瑶贝和钟夭夭好不容易冲出二楼，钟夭夭就泄气得体力不支。她不仅跑不动，连方才豪爽的侠女风度也不见了，像一只断尾求生的小壁虎软趴趴地贴着晏瑶贝，不停地惊慌乱叫，全靠晏瑶贝在大火前寻找逃生路线。

其实，体力不支、惊慌失措倒也情有可原，最可怕的是丧失记忆，就是丢了脑子！

晏瑶贝正琢磨如何穿过眼前的火墙，钟夭夭忽然一拍脑门子，委屈地说道："哎呀，我有非常、非常、非常重要的东西落在四楼的甲字客房了。"

晏瑶贝挡在钟夭夭的身前，躲过一片火苗，低沉的口吻说了四个字："舍财保命！"

钟夭夭固执地摇头："那比我的命还重要，是娘亲留给我唯一的念想儿！"

钟夭夭转过身，往四楼折返，晏瑶贝及时拉住她。

"火势很快，来不及了，你会没命的。"

"那我就去阴间陪娘亲！"

钟夭夭奋力挣脱晏瑶贝的手臂，凭着一股蛮力冲向火海。

"你——"晏瑶贝一不留神，险些摔倒。她来不及多想，果断地紧了紧襦裙的束带，追了上去。

四楼的火势已经趋近爆燃，平日里华丽松软的胡毯和华丽的装饰都变成了杀人的帮凶。

火真的太大了，翻滚的黑烟在狭小的空间内肆意弥漫，长生客栈的每一层楼都变成了无光的长生殿，仿若阴间的阎罗殿。

晏瑶贝看不清脚下的路，只能凭借记忆和强烈的求生欲摸索前面的路。

她终于闯到四楼，还好来得及时，钟夭夭晕倒在走廊的角落，一团火悬在上空的弦上，分秒必落。

晏瑶贝一个箭步冲过去，拼力拽出钟夭夭，那团火霹雳而下，火势瞬间连成一片。

两个少女躲过灭顶之灾，晏瑶贝的背却戳在烧得滚烫的瓷瓶上，疼得她流下了眼泪。

"好痛！"晏瑶贝挣扎地喘着粗气。

生死关头，疼哪有命重要！四楼、三楼的火已经融为一片，再不走就真的烧成炭了。

"钟夭夭！"晏瑶贝掐过钟夭夭的人中，钟夭夭迷迷糊糊地醒过来，还不忘张牙舞爪地哭喊，"我好怕呀，我要回家！"

"我给过你回家的机会！"晏瑶贝拉起钟夭夭，目光坚决地盯着肆虐的火苗。

想活，必须要过眼前这道关！

钟夭夭猜出晏瑶贝的心思，惊恐地睁大眼睛，结结巴巴地说道："你，你，你不会想——"

晏瑶贝没有应答，她全神贯注地盯着前方即将融汇的两团火。两团火各伸出一条长长的舌头，两条舌头在缠绕的刹那，那道坚不可摧的火墙打开了一道微小的，足以撑开生命的通道。

"走！"晏瑶贝的眼底映着血色的红，拽着钟夭夭勇敢地冲了过去。

"啊——"伴随着钟夭夭闭着双眼龇牙咧嘴的哭喊，两个弱小的身影融入炽热的火海。

事实证明，丰富的经验、多读书和老马识途一样都是可以在生死关头用到。晏瑶贝料定两团火在相遇交汇的瞬间会互相削弱彼此的力量，这是她在整理弘风县数百卷失火卷宗中总结出的经验。

没想到，关键时刻真的可以救命！

"我们还活着！"晏瑶贝安慰不敢睁眼的钟夭夭。钟夭夭忐忑地睁开眼，兴奋地摇晃晏瑶贝的手臂，"太好了，我们活着，我们真的活着，太好啦！"

"只是暂时活着！"晏瑶贝的脸色很差，刚才借着一股蛮力和突如其来的胆量闯过火海，一口气逃到二楼。

可是二楼的火势更大，准确地说她们不是逃到二楼，而是被困在二楼。

二楼通往一楼的楼梯已经无法承受两个人的重量，前面不但没有路，连腾空的廊道随时都会塌陷！

这就好比溺水的人历经千辛万苦终于死里逃生地爬上岸，才发现岸上有一群饥肠辘辘的狼。

死法不同，结局是相同的。

想活，就要破局！晏瑶贝变得更加理智，长生客栈一共四层，她注意到一个诡异的细节。这场大火很奇怪，二楼、三楼、四楼的火很大，一楼大堂竟然没有着火。此刻，大堂内聚集着逃生的客人，有人惊悚发呆，有人隔岸观火，还有人在账房先生的带领下舀水救火。

透过影影绰绰的火影，晏瑶贝看到了孤独伫立的云离安，他背着手，脸色很惨淡，薄凉的唇在火光的映衬下变成了桃色。

显然，他也看到了她，依旧面无表情！

晏瑶贝想到门外的那把罪恶的锁，笃定了整个闭合的圈套。

狡诈小人！她咬着牙根儿，清润的眸光变得凌锐，火影中的那道身影也渐渐淹没在嗜血的烟尘之下……

两个总要活一个！

"你先走！"晏瑶贝果决地将钟夭夭推下脆弱的楼梯，钟夭夭在惯性的冲击下奔向一楼。在她平安落地的那一刻，薄弱的楼梯顷刻倒塌，掀起一团黑烟，随后是巨浪般的火墙，将晏瑶贝卷进涅槃般的火海。

晏瑶贝背靠着梁柱，身后已无退路。她不敢乱动，脚下是烧焦的尸体，至少有五具以上。她的左侧是逼近的烈火，右侧是悬空的楼梯。

这意味着生死一步之遥，这些人都是逃到有生还希望的二楼遇难的，她稍有不慎，同样会命丧黄泉。

大堂炸了锅，连账房先生都躲到了门口。

"呜呜，晏瑶贝，你这个傻子！"刁蛮任性的钟夭夭懦弱地坐在地上狼狈大哭。

怎么办？晏瑶贝的脸色变得异常沉重。

"跳下来！"是云离安斩钉截铁的声音。

晏瑶贝错愕地瞪大眼睛，云离安背着双手，掌心满是薄汗。两人就这般地望着彼此，他站在柔和温暖的烛光下，她站在大火的暗影里，她和他离得这般近，却仿佛隔着阴阳。

火势越逼越近，饥饿的火苗生吞着晏瑶贝的心，留给晏瑶贝的时间不多了。

云离安决然地做出张开双臂的动作，重复道："跳下来！"

夜晚，孤寂而漫长。一粒微小的火种落在孤冷漆黑的长安城仿佛是映在曲江池里的花影，那是转而即逝、却能照亮星空的璀璨烟花；落在长生客栈仿佛是惩戒罪恶的人间炼狱，那是比阎罗殿更黑暗的审判之地；落在每个人的头顶才是真正的燃烧，那是宛如凤凰涅槃的绝地重生。

一场大火，有人生，有人死。这在见惯生死厮杀的长安城算不了什么，在封闭的长生客栈也是意料之中，可是对于身负重担的晏瑶贝却是致命的惊心动魄。

落幕的尽头是坠落的起点，坠落的瞬间却是死而后生的飞翔。

此刻，晏瑶贝的脚踝很疼，她很想哭，痛痛快快地大哭一场。但是她不能哭，不能让云离安那个无耻小人得意，更不能让钟夭夭耻笑。真是太丢人了！

这本是一场严肃的生死抉择，火场逃生，却在她纵身跃下的那刻变成了说书人口中的笑语。滑稽尴尬的场面和之前的紧张、危险、轻易的信任是截然不同的。

她的确听话地跳了，云离安却没有接住她。两人像绣坊里没有理顺的、互相缠绕的丝线团儿，就这样双双倒在地上，脸贴着脸，心贴着心地滚来滚去。若没有那扇夹缬屏风的阻挡，或许两人会滚到朱雀大街上去。

晏瑶贝的肠子都快悔青了，她的心跳得很快，满脑子都是云离安身上那股气人的杜若味道。

云离安始终闭着眼睛，一副生无可恋的模样，好像是个无辜的受害者。

真是花拳绣腿的草包！晏瑶贝不经意的挣扎，将额头和鼻尖儿上的黑灰都分享给了不中用的云离安。

没人再关注火势，目光都紧随着滚动中的两个人。最后，那缠绕的滚动中止在那扇绣着拂林犬的屏风后面，暧昧依旧在延续。

晏瑶贝在上，云离安在下，屏风上那只俏皮的拂林犬伸着长舌头，浑身毛茸茸的。晏瑶贝皱着眉，看了一眼，感觉浑身都痒痒的，那是比火海更炙热的热。

她真想钻到屏风里，变成另外一只拂林犬藏起来，哪怕变成一缕百草霜的丝线也好。

这真是有个地缝都能钻进去的大尴尬。从今往后，她再也不会相信任何男人的话，尤其是手无缚鸡之力的玉面书生，除了亲生哥哥晏恩贝。

长生客栈又变回凝固静止的琥珀，晏瑶贝的呼吸变得急促，云离安的心跳却是波澜不惊。

"嗯——"云离安轻声地呢喃一声，呼出的热气把晏瑶贝冷静的脑子都吹乱了。

"放开！"晏瑶贝警告的口吻。

云离安没吭声，他缓缓睁开双眼，满脸无辜还带着点害怕和疼的复杂表情盯着晏瑶贝。

"好——"云离安长舒一口气。

"好什么好？哪里好？"晏瑶贝懊恼地反驳。

"好、重！"云离安委屈地说。

"你——"晏瑶贝的鼻子都快冒烟了，不是火烤的，绝对是气的。她都没嫌他力气小，他嫌她重？她哪里重了？去年上巳节那天，哥哥带她去雾隐湖边踏青钓鱼，哥哥说她和咬钩的鲤鱼一样重呢。阿苗也说她比那只馋嘴的狸花猫吃的还少哩。

"放开！"晏瑶贝咬着牙根儿，努力控制情绪，找回矜持的理智。

"疼！"云离安依旧拽着光滑的襦裙，紧紧抱着晏瑶贝，仿佛是溺水之人在抓着救生的浮木。

晏瑶贝执拗地拒绝，却无法立刻摆脱囧态。明知大水漫灌，依旧在放水养鱼。

两人就这般胶着地看着彼此，一个由不知所措到情不自禁，一个由极致忍耐到火冒三丈！

"哈哈，哈哈！"钟夭夭忍不住地大笑，爽朗的笑声让人忘却了大火的危机。

那位身份尊贵的老者玩味地自言自语道："关关雎鸠，在河之洲。窈窕淑女，君子好逑。老夫似乎看到了一场好姻缘！"

"哼！"这句话直接掀翻了晏瑶贝最后的矜持，她故意微笑地看着云离安。云离安的眼底映着红色的小影儿，瞳孔变得迷离，呼吸也变得轻柔。

忽然，晏瑶贝不露痕迹地向下用力，用力，再用力，脸上却一直挂着明艳的笑容。

云离安的脸色很差，脏乱的尘土也遮挡不住那惨淡的白，他的额头泛起了薄汗，难得的是这次，他没有喊疼！

就在他的眼神变得直勾勾的时候，晏瑶贝已经麻利地站了起来。云离安纠结地躺在地上，心里空空的。身材魁梧的家仆阿骁匆忙地跑过来，贴心地扶起他。

云离安满身风尘地站在那里，宛如雨后的青竹。一位温润的如玉的公子即使衣衫狼狈也无法掩盖那灼灼的风华。

晏瑶贝故意站得很远，云离安满脸不解。

突然，大堂钻来一阵凉风，大门四敞，吹飞了残破的灰烬，吹皱了不安的暗夜！

身着墨色袖袍，腰间束带的长安县令——萧锦林带领一群拎着木桶的武侯粗鲁地闯了进来。萧锦林正值壮年，武将出身，升堂断案他不懂，救火捉人却是在行的。他接到长生客栈失火的消息立刻就赶来了，虽然长生客栈和长安县衙间隔数个街坊，肆意的火蛇已经进入到尾声，萧锦林还是过了一把救火瘾。

一个时辰后，大火被彻底扑灭，长生客栈再次由紧张的混沌进入到密不透风的禁锢。

萧锦林出身草莽，有几分实打实的真功夫，他训练出来的不良人可不是钟夭夭那般的花架子。

灭火之后，萧锦林不仅命不良人包围了长生客栈，还将灰烬里的尸体全都搬到了一楼大厅。他要用最直观、最简单也是最有效、最震慑的办法来阐明自己的态度。

无辜的尸体已经变冷，分辨不出身份，不过还是能依稀分辨出几个熟悉的面孔。最显眼的就是来送吃食的老头儿——扁担伯，他的腰间挂着看不出颜色的酒葫芦，葫芦上还挂着烧成半截的红璎珞。

这本是一个普通的傍晚，他急匆匆地赶到，没想到却是来送死的。多事的长安就是这样，没人知道意外和明天哪个先到来。

肆虐的黑烟终于灰飞烟灭，空气里弥漫着浓重的刺鼻气味，大厅的尸体越来越多，堆成了一座弥漫着罪恶的塔。屋内散发出烧焦、肉香、血腥和半生不熟的气味，让嗅觉敏感的晏瑶贝每个毛孔里都释放着惶恐、不安。

事情不妙！她嗅到的不是死亡，而是死后的罪罚！这是晏家人刻在骨子里的直觉。果然，罪和罚同时降临了。萧锦林穿着坚硬的牛皮靴子在屋里反复踱步，坚硬的牛皮蹭着腰间的佩刀铮铮作响，仿佛是黄泉路上催命的笛音。

账房先生脸色很白，他一边不安地瞄着萧锦林，一边瞄着那位身份尊贵的老者，尘埃和秘密都隐藏在无尽的黑暗中，谁是纵火者！

"萧大人！"老者故意从袖袋里拿出一个鱼形的荷包，鱼身上闪耀着金色的丝线。

金鱼袋？晏瑶贝目光一滞，萧锦林也停下脚步，眼底映出一片平坦的金光大道。

"让您受惊了！"萧锦林恭敬地行下叉手礼。

"查！"老者攥紧金鱼袋，薄凉的脸上闪过饱含杀气的狠辣。

"是！"萧锦林示意一名额头带疤的不良人带领着几个武侯去狼藉的火场搜查。不一会儿，不良人持刀而归，锋利的刀刃上沾满了火后的灰烬。

他在萧锦林的耳边说了几句，萧锦林立刻挺直腰身，看向账房先生。

账房先生一副无可奈何想哭的模样，他抽动着鼻子朝老者求援："我——"老者连眼皮儿都没抬，狂妄的鼻腔里哼了一声。账房先生抿着唇，忐忑地将瘦弱的手藏在宽大的袖口里。

晏瑶贝感觉哪里不太对，又说不出所以然，她抬起头，又看到那张令人生厌的脸，她无情地瞪了云离安一眼。云离安没有退缩，眼底依旧含着浓浓的宛如银河的光泽。

这时，钟夭夭尖锐的喊声穿透了堆满尸体的塔。

"啊，你们要干什么？"

锋利的无环刀同时悬在晏瑶贝、云离安、钟夭夭的头顶。

晏瑶贝意识到这是一场环环相扣的杀局，从她踏入长安城门的那刻就开始了。

"你们要做什么？"钟夭夭抗争，"你们知道我是谁吗？我姓钟！"

"李姓又如何？！"萧锦林脸色一凛，"就算是入苑坊的王爷和崇仁坊的驸马爷也要遵守律法。"

"还律法？喂马的马夫识字吗？"钟夭夭直接捅到了萧锦林的痛处，这是一段不为人知的隐晦事。他的确在军营喂过马，就是靠着喂马的功劳一步步走到今天的，所谓的军功都是顶替他人和他深信不疑的自恋得来的。

一般情况下，谁掀开了萧锦林的底牌，他只有两种反应，一是重新做回马夫，一是折服权贵，他每次都是这么做的。

但是今晚，萧锦林选择了另一种。

杀人灭口！

"纵火大罪，死有余辜！"萧锦林缓缓地抬起手臂，尽情享受着权力的欲望。

钟夭夭吓傻了，那种死的恐惧来源不是于萧锦林说出八个字，而是压在脖子上的冰冷、锋利的刀刃儿。

她清楚地感觉到脖颈上的疼痛在加剧，那把见血的刀刃儿更深、更直接地压迫着她的喉。她不敢乱动，更不敢说话，甚至连呼气儿都变得谨慎，她怕喉咙的一丝丝震动都会引来不可逆的血光之灾。

那是一种极致的疼！还有极度的恐慌！

大堂内静如死水，水下酝酿着即将喷发的火山。

晏瑶贝一动未动，连眨眼都变得缓慢。她始终想不明白这才脱离火海，为何又陷于危难？更气人的是：竟然和她、他一起陷入危难！

她真是染了世间最大的晦气！怎么办？眼前的萧锦林可不是吃素的，愚蠢的钟夭夭用笨拙的办法激怒了他，看来不见血光是难以收场的。

晏瑶贝的指尖在莫名的颤抖，她不想死，也不能死！

钟夭夭已经吓破了胆，不会再发声，唯一能自救的只有云离安。

他那么软，哪舍得死！

赶紧站出来求饶吧！晏瑶贝的眸色深了下去。

但是，徐徐的夜风送来了杜若的味道，却没有吹来救命的求饶声。晏瑶贝眼睁睁地看着萧锦林的手臂悬在半空好像是锃亮的铡刀，最直接的九连环的反应就是压在她脖颈上的刀变得越来越重，顷刻取命。

快、快——晏瑶贝的耐心都要蹦出来了。

但是云离安依旧面无表情，他抿着唇、皱着眉，竟然还闭上眼睛，一副任人宰割的小白兔的样子。

他绝对是故意的，看他能坚持多久！晏瑶贝紧咬牙关。

不过，萧锦林没有给她坚持、等待的时间。

"杀！"他的手臂像条风般凌厉地落下。

"啊！"钟夭夭双腿一软，应声倒地，晏瑶贝看到了垂落在地的蠕动的血滴！

如此紧要关头，云离安还是纹丝未动，真的变成了一只任人宰割的小白兔。

晏瑶贝哪里再敢指望他，他拿捏着她的命门，知道她输不起！

"等等！"晏瑶贝的喊声清脆干练，更凝结着深深的勇气。

云离安眼皮儿一挑，嘴角微微扬了起来。她从不会让他失望！

"你想说什么？"萧锦林侧着头，梗着倔强的脖子，狭长的眼角牵起两道陡立的横纹。

"我想说的，就是大人想知道的。"晏瑶贝不动声色地推开脖颈前的刀刃儿，做回了弘风县的小县令。她拱起双手，认真地说道："《疏议》是大唐律法，共计三十卷，疏在律后，律以疏存。最大的突破就是从疑罪从有变成疑罪从无。"

"疑罪从无！"云离安恰到好处地重复了一句。

晏瑶贝窝了满怀的委屈，狠狠地瞪了他一眼。他自己不出力求活也就罢了，人家努力带他一把，他还往死里推。他不知道这种有目的、有语境的重复会更加激怒萧锦林的杀心吗？他想找死，也别拖着她呀？简直比钟夭夭还蠢。不，是恶，他是故意加存心的恶。

果然，萧锦林加剧了戾气，他铁青着脸色，指着堆成小山的炭尸，痛斥道："什么无，什么有，纵火是大罪，这些都是血的证据。"

或许是萧锦林的阴冷震慑了众人的心，又或许那炭尸山刺痛了众人的眼。

在没有得到真相之前，客栈内的风向直接倒向了萧锦林，这让晏瑶贝的处境变得更加危险，也激发了她求活的欲望！

云离安依旧不慌不忙，他看向晏瑶贝，微微示意："有劳晏姑娘了！"

"哼！"晏瑶贝懒得搭理他，比起恶人，她还不如照顾蠢人。晏瑶贝挺直瘦弱的腰，扶起倒在地上的钟夭夭。

钟夭夭紧闭双目，死死拉住她的手，摇晃："娘亲，娘亲！"

晏瑶贝拍了她几下，在她耳边念了几声。受到惊吓，又太过劳累的钟夭夭竟然睡着了。

下一刻，晏瑶贝开始了绝地逢生地自救："萧大人说得对，纵火是大罪。可是按照《疏议》的宗旨疑罪从无来说，在证据不充分、不确定时，宁愿放纵疑犯，也不能出现冤假错案。这就是宁可错放，不能错判。今晚的大火烧得蹊跷，我等都是死里逃生。萧大人既没有问案，又没有亲眼看到我等纵火，为何要定我等死罪？这天是黑的，长安城是黑的，大唐是黑的，难道人心也是黑的吗？"

"放肆！"萧锦林重重地甩过宽大的袍袖，"我还从未见过这么倔强的姑娘家。你还真是不见棺材不落泪呀！四楼的甲字房里发现了猛火油的痕迹，这是你和她的客房。三楼的火情最为猛烈，而当时三楼只有他不在客房。所以，你们三人是同谋！"

萧锦林分别指向晏瑶贝、云离安和昏迷的钟夭夭，晏瑶贝满脸不认同的模样，云离安沉默无语，在外人看来两人极为暧昧。

晏瑶贝讨厌死了这种被人误解的感觉。

"我和他怎么会是同谋？"

"不是同谋？"萧锦林嘴角一咧，"姑娘真是好记性。刚才火场逃生，是谁让你跳下来？是谁接住你？又是谁和谁倒在那架屏风的后面？"

"我？"晏瑶贝的脸色染尽了红霞，内心却在想另一件事，她还是小看了萧锦林，他风风火火地穿过数个街坊而来，对长生客栈内的情况了如指掌，细致到知道每个人住在哪间客房。

这说明他早就在长生客栈安插了内线，会是谁呢？晏瑶贝瞄了一眼神色不宁的账房先生和身后的几个伙计。

"姑娘还想辩解吗？"萧锦林步步紧逼。

晏瑶贝嗅到了比杀气更浓烈的怨气，有时候，怨能滋生出天地间最恶毒的恨！

尤其在掌握权力，决定他人生死的时刻，那比杀人更可怕！

晏瑶贝果断地放弃了解释和辩解，直接转向扑朔迷离的火情。"萧大人，第一，我们三人不是同谋；第二，我没有纵火。"

"哦？你没有纵火，那她和他呢？"萧锦林的眼底蠕动着高涨的杀气。

"那我就不得而知了！"晏瑶贝想到钟夭夭的救命之恩，犹豫了一下，放缓语调，"至少她没有纵火！"

"那就是他！"萧锦林又指向云离安。

云离安的眸心闪着晃动的小影儿，影影绰绰地迷了眼，一笔、一笔、又一笔地拓入了他的心。

他的心里本是满满的，此刻却是空空如也。这些年，他孤身一人，咬着牙，硬撑到今日，他不曾告诉过任何人，他也会想念过世的父母双亲，他也有难过的时候。但是他不能说，更不能倒下，他心中有梦，肩有担，即使前方遍布锋利的荆棘，他也要走下去。每个人都在与死亡赛跑，只要他跑得快些，便可去担起百年前先人留下的重担。此刻，正是关键时期，他绝对不能心软！

他朝人群里刻意地看了一眼。

"大人！"一位戴帷帽的姑娘抱着琵琶，迈着娉婷的步子从人群里站出来。

女儿香的气息让大堂变得温暖，云离安的眼底恢复了无关风月的平淡，他将手藏在宽大的袖袍里。

晏瑶贝却有种不好的感觉，她怎么没有注意到长生客栈除了自己和钟夭夭，还有第三个姑娘？

只见那姑娘对萧锦林微微欠身，帏帽的白纱卷起一条缝隙，露出勾人的绛唇。

"大人，小女名叫云娘。着火之前，云公子在雅间用餐，小女在弹奏《弄云》。这一曲还未完，就失火了，云公子让小女在雅间避火，独自去大厅救人……"

云娘特意顿过，瞄了一眼晏瑶贝，帏帽的白纱轻轻抖起几道波纹。晏瑶贝哪里受过这般委屈和蔑视，她直勾勾地瞪了回去。

"是救火！不是救人！"

"哦，对，是救火。"云娘有意地抬起芊芊玉手，随意拂过遮脸的白纱，"不过，听云公子说，他的客房失窃了，那贼人是怕偷东西被人发现，才做些水过无痕的事情。比如……"

她抱紧怀里的琵琶，拨出一记悠扬的旋音儿。

萧锦林的脑袋似乎闪了灵光，更加自以为是。

"比如放火！"

"大人真是厉害！"云娘拿捏着献媚的腔调。

"可是，那贼人又是谁呢？"萧锦林踢着坚硬的靴子在大堂内踱来踱去。

晏瑶贝暗自抚摸着袖口里的东西，难道是……

她猛地看向一言不发的云离安，云离安的眼底一片寒芒。

好一个借刀杀人的连环计！晏瑶贝完全笃定，他一定与哥哥晏恩贝的失踪有关。

晏瑶贝没来得及辩解，萧锦林已经按捺不住神探附身的情绪了。

他举起布满双茧的老手，大声喊："搜——"

晏瑶贝做好了釜底抽薪的准备。她顺手扔出一枚百草霜色的宝石，那宝石打磨得圆润光滑，每个面都平整如一，宛如鬼斧神工雕琢过的。

宝石一出，四周突然变得紧张起来。云离安的脸色很差，他的拳攥在袖口里，掩盖着内心的震惊。

萧锦林的脸色幽暗了下去，那名尊贵的老者玩味地盯着宝石，目光未动，捏着茶碗的指节却泛了白。账房先生也假意咳了一声，就连钟夭夭都揉着懵懂的眼睛苏醒过来，软绵绵地站立，走到晏瑶贝身边。

鱼饵有效！晏瑶贝不动声色地举起百草霜色的宝石，细细转动，那微微的光晕映着她的眸光。哥哥曾经告诉她，明知辉煌的背后是黯淡，也要期待余晖驱散黯淡，迎接下一次辉煌，这就是勇气。

勇气很重要，不是吗？

就像这枚百草霜色的宝石，它是哥哥的命，也是她的命！

棋盘上还有子，胜负未分，她不能轻易放弃！

"不必搜了，就是这个！"这次，晏瑶贝降低了声调，"今晚，云公子约我在客房赏月、听琴！还送与我这个信物，他说，家里还有很多这样的宝石，要一并送我做簪子！"

她刻意娇羞地将百草霜色宝石攥在掌心，睐着猫眼儿瞄过去。云离安面无表情，内心掀起千百丈的巨浪。

他是应该欢喜，还是欢喜呢！开局如此艰难，长生殿的秘密和大唐的命运之轮已经开始转动，必须要走下去！

云离安软软地咳了一声，抱着琵琶的云娘又开口了。

"你说谎，云公子怎么会约你去客房呢？又怎会送你信物？长安城谁不知道云公子是真正的公子！"

"真正的公子又如何？你和云公子很熟吗？"晏瑶贝反问。

"我、我……"云娘闪烁其词地犹豫，"自然是熟悉的。"

"哦！"晏瑶贝假装点头，加重语气，"原来这宝石不止送我一人！"

云离安的拳攥得更紧了。

云娘气不过地软语："人家和云公子可是清清白白的。"

"我相信！"晏瑶贝用心地补了一句，坐实了三人的关系，"我和云公子也是清清白白的。"

一个玉树临风的公子，加上两个姑娘家言辞上的争锋，让人自然和吃醋联系在一起。

"哈哈，哈哈——"客栈里回荡着沙哑的冷笑。

那名老者看着晏瑶贝，稳稳地伸出一根手指，语调阴森："给你一炷香的时间！"

"是！"恍惚间，晏瑶贝仿佛听到了香烛里迸出的时断时续的哽咽声，那声音悲凉而凄苦，还夹杂着执着和坚持，深深感染了她。她不禁伸出手试图去搅动那朦胧的烟雾，抚平那颗伤心的灵魂。然而，浓密的烟雾没有散去，反而聚成一团，形成了漩涡，漩涡之下，映出她的影子。烟雾终究隔着阴阳、生死，还有权势。她的手停在半空好久，最后孤独地垂下。她要抓住争取来的一线生机，特意给了云离安一记警告。

云离安缓缓松开拳，白嫩的掌心一片赤红。

考验生死的一炷香飘起缥缈的烟雾，充斥着凝重的灰烬味道，晏瑶贝踏上了涅槃的不死地。

她非常清楚目前的处境，她的命捏在别人的手里，一炷香并非是救命，而是延迟危机。

她的对手也不止一个人。

而她只能靠自己。

晏家人，从来都不会轻易放弃。

晏瑶贝挺着瘦弱的背影去寻找扑朔迷离的真相。

云离安的心很疼，他的眸心闪耀着灼灼的红影，让他想起那朵不舍摘下的昙花，原来他也有害怕的事情，就在此刻。

"我来帮你！"钟夭夭蹦跳地追了上来，"我可是你的救命恩人！"

"我现在在救你！"晏瑶贝决然地走上二楼。

"你救我？你知道我是谁吗？我姓钟！"钟夭夭傲娇地叉着腰。

晏瑶贝走上二楼，一边俯身仔细看着烧塌的木门，一边凝神说道："钟侯为太宗朝的异性兄弟，子孙被封为昭仪节度使，后宪宗朝举国削藩，钟家再无兵权，钟府败落，封钟家唯一的男丁——钟离辞为安定侯。安定侯韬光养晦，一直居住在兴化坊的钟家老宅，后与太平坊的鬼王结盟，卷入凌烟阁杀局。我晏家祖上与他交往甚多，如此说来，我们也算受祖宗庇护。"

"啊，啊！"钟夭夭震惊地张大嘴巴，"你是……"

晏瑶贝继续说道："安定侯当年是长安城最出众的世家公子，尤其配一手好香，皇家公主和世家小姐都为之倾倒。可是安定侯为人清正，勤勉好学，关键时刻，回头是岸，所以钟家一脉得以延续。只是，钟家祖上杀戮太重，钟家始终人丁凋零。"晏瑶贝用力跺了几下脚，麻利地抬起鞋底。

钟夭夭也学着她的样子做出相同的动作。

"我们钟家虽然人丁不旺，但是钟家的子孙个个都是可造之材。我就不用说了，我还有个哥哥——钟濯濯，他现在是神策军护军中尉，掌管长安城十三道城门。嘿嘿！"钟夭夭凑过来，"我哥哥尚未婚配，那长安城的姑娘都眼巴巴地看着呢，官媒都快把门槛儿踏平了，看在我们有过命的交情，我可以帮你。"

"好，先帮我取个物证。"晏瑶贝从灰烬里捡起一块烧黑的布料，放在鼻前闻了闻。

"好嘞！"钟夭夭听话地走过去，可是步子迈得太大，竟然整个人都扑向了木桶，"哎哟！"

钟夭夭的头撞在一根看不出颜色的竹扁担上，她懊恼地嘟囔一句："石面太滑了，还是胡人的地毯好！"

"地毯？"晏瑶贝似乎想到了什么，她再次跺了跺脚，抬起鞋底。

她站在走廊的尽头，眯着眼睛盯着整个二楼。

她记得从大厅的楼梯走上来，可以看到每间客房的门口立着一对石榴花纹的大瓷瓶，瓷瓶没有底座，直接立在地面上，那也就是说地面坚硬，足以支撑瓷瓶。

原来二楼的楼梯没有铺地毯，是光滑的石面，那意味着……

晏瑶贝认真扫视着走廊，目光又落回到木桶上……

"唉，我帮你，不是查案，而是帮你——"钟夭夭这才反应过来。

"去楼上看看！"晏瑶贝没理她，直接走上三楼，这里是她和钟夭夭逃生的地方。

晏瑶贝记得她们逃生的路线很顺利，反而在二楼和四楼遭遇了危险，那四楼？晏瑶贝又快速地跑向四楼。

钟夭夭气喘吁吁地跟在后面，"哎，你慢点，慢点！"

"我们只有一炷香的时间！"晏瑶贝冷静地扫视着烧毁的四楼。自从她踏进长安城，就预见了自己的命运，只是不知道会如此坎坷。

她没有钟夭夭倚仗的身份，也没有云离安的阴谋诡计，她只能靠自己求活！哪怕是受制于人或是任人摆布，她都不能后退。

她的命就辗转在这一炷香里，她没有时间去犹豫。

晏瑶贝捡起一块碎瓷片在木桶的底部刮了几下。

"下楼！"

"哦！"钟夭夭匆匆忙忙地上楼，又迷迷糊糊地下楼，她忽然注意到自己好像是晏瑶贝的小跟班。可是，她才是正牌的不良人呢。

不对，她刚才说晏家和钟家祖上有交情，是长安神探！

钟夭夭的心情又变得好转。

长安神探的后代，也算是长安小神探吧，她做跟班也不丢人！

钟夭夭也学着晏瑶贝的姿势走下了楼。

大厅已经布置成临时的公堂，那名老者和萧锦林分别坐在左右两侧，云离安坐在下手方，账房先生和云娘还有几个像模像样的男子坐在下侧。

萧锦林带来的不良人包围了整座客栈，这里俨然成了密不透风的铜墙铁壁。

晏瑶贝和钟夭夭回到大厅，那一炷香刚好燃尽，一缕缕消退的烟雾盘旋着消逝在无人的角落。

所有人的目光集中在晏瑶贝的身上，云离安的目光尤为殷切，甚至带着关切的暧昧。

"喝杯热汤吧！"云离安亲自端起小茶碗。

晏瑶贝的确口渴了，她不客气地接过小茶碗，畅快地饮下。

这茶不热不冷，茶温刚好，似乎都是特意为她准备的。

他又再卖什么关子？救她，还是害她？晏瑶贝抿了抿唇，稳定了心神。

"说！"萧锦林的脸色依旧阴霾。

那名老者反倒轻松自在，晏瑶贝却如履薄冰。

"这场大火的着火点在二楼！"

"二楼？"大厅内噪声四起，账房先生更是着急，"二楼的布置简单，地面为石，怎么可能着火？"

"那若是加了猛火油呢？"晏瑶贝拿起碎片，指着碎片上黑色的油，"有人在二楼的走廊里放了一大桶猛火油，所以着火点在二楼。"

她瞄了一眼悠闲喝茶的老者，老者的茶碗里冒着热气，浑身却宛如寒冬腊月里的坚冰。他住在二楼，难道歹人是冲着他来的？

一想到他的身份，晏瑶贝的心沉了下去。

　　这是长生客栈，还有什么不可能呢？

　　"既然火是从二楼烧上去的，一楼无事，三楼、四楼却比二楼烧得旺呢？"萧锦林一向在意结果。

　　晏瑶贝解释道："火势通常都是向上蔓延发展，二楼虽为着火点，可是二楼的地面为光滑的石面，没有助燃的胡毯，所以二楼的火窜到了三楼，三楼的装饰和胡毯华贵，引火就燃烧。所以三楼烧得最旺。至于四楼！"

　　晏瑶贝瞄了云离安一眼，"这场大火的着火点有两处，一处是二楼，一处是四楼。"

　　"四楼？"云离安喃喃自语，心里却苦涩无边。

　　晏瑶贝点头："四楼的甲字房门口有猛火油的痕迹，三楼的火是四楼和二楼同时蹿出来的。"

　　"哦！"云离安的脸色转而惨淡。

　　"陆离先生！"老者突然将秘色的茶碗重掷在地，"说！"

　　账房先生软软地跪在地上："大人，我……"

　　晏瑶贝暗自喘了口气，她不敢有任何的懈怠，因为萧锦林马上就要逼问了。

　　果然，萧锦林开了口："姑娘只是说出了着火原因和着火地点，那凶手呢？"

　　"凶手就在这里！"晏瑶贝眯起猫眼。

　　"谁？"萧锦林示意身边两侧的不良人，老者带来的黑衣人更是直接挥起了锋利的匕首。

　　所有人的目光都集中在晏瑶贝的身上，大厅安静得能听到紧张的喘息声。

晏瑶贝缓缓举起手："就是、你！"

名唤陆离的账房先生怒气地痛斥："休要血口喷人！"

"难道不是吗？"晏瑶贝眸光一闪。

账房先生厌恶地说道："我是账房先生，纵火烧店对我有什么好处？而且，来往都是客，我和大家无冤无仇，我为何自找麻烦？你孤身一个姑娘家，初到长安城，是店里的生客，你一来，就着了这么大的火。我看你才是凶手！"

"没错，账房先生可是心善之人，从不欺凌弱小。"云娘抱着琵琶开了口。

"哦？"晏瑶贝的脸上闪过一丝淡淡的笑意，"这么说账房先生真是个好人，那真是可惜了！"

管好你自己！云娘警告的眼神。

晏瑶贝回瞪了她一眼，露出不屑的神情。

这一来一往，依旧是后院女子争风吃醋的表现。

"到底谁是凶手啊？"有人忍不住地追问。

"她！"账房先生狠辣地举起手臂。

晏瑶贝用力地甩过手指："看来你是不见棺材不落泪，那我就让你见一见棺材！"她眸光一闪，"账房先生也喝酒了！"

账房先生冷笑："晚上喝酒犯了大唐哪条律法呢？"

晏瑶贝顺手抓起散落在角落的铁算盘，勾唇微笑："喝酒怎会犯大唐律法，只是这场大火损失严重，不知账房先生如何对掌柜交代，不如现在就算算，大家也好当个见证。"

"这是我自己的事情！"账房先生大声地说道。

晏瑶贝拨了几下算盘珠子："这算盘线上二子，一寸一分，线下五子，三寸一分，逢二进一，逢八进四，二一添作五，

42

三一三余一，不知我这置数对不对？"

"你到底想说什么？"账房先生不耐烦地搓着手指。

"我说什么你不懂吗？"晏瑶贝瞄着账房先生的手指，"客栈的常客都知道账房先生打算盘和写字的本领，想必先生的食指和中指都有厚茧吧。"

"这……"账房先生脸色变得阴暗，他准备将手指藏在袖口里。

那位老者忽然站起来，雷厉风行地抓起账房先生的手。

账房先生挣脱不开。

老者眯着眼盯着那双干净的手，嘴角微挑，语调透出死气："你是谁！"

账房先生惊悚地挣扎："我、我。"老者的力道更重了。

账房先生见无力回天，索性甩开手臂，站在了晏瑶贝的对面，追问道："你怎么知道的？"

晏瑶贝盯着那张泛白的脸："你的确厉害，学得惟妙惟肖，只是这画虎画皮难画骨，技艺再高，终是假的。我从走进客栈便和账房先生有过一面之缘，他是打算盘的高手，绝非是一般人能及的，我方才说的这算盘的线上二子，一寸一分，线下五子，三寸一分只是寻常算盘，这是特制打造的算盘，比寻常算盘重，线上二子，一寸半一分，你竟不知。而且，账房先生能够熟练地一手打算盘，一手写字，他的左手中指和食指有厚茧，左手手掌的大拇指下方磨有痕迹，而你的左手只是泛黄，毫无痕迹，那都是障眼法而已，自然是假的。"

"假的又如何？"账房先生拨开脸上的一张细腻的皮儿，露出一张苍老的脸。

"你是扁担伯？"钟夭夭惊讶地张大了嘴。

"哈哈——"扁担伯发出沙而恐怖的笑声，变换了嗓音，"不错，我是扁担伯，火是我放的，账房先生是我杀的，他三番五次地嘲笑我，欺侮我，我忍了好久，今夜，我就烧了他的店，杀了他这个老儿！"

"那具尸体是账房先生！"云娘吓得颤抖，怀中的琵琶发出不成调的颤音儿。

"哼，他是个趋炎附势的无耻小人，死有余辜！"扁担伯啐了口水，用宽大的袍袖抹过干涩的唇。

云离安寂寥地发出一声淡淡的轻叹，眼底仍然融着一团化不开的迷雾。

"给我拿下扁担伯！"萧锦林大手一挥。

扁担伯拔出匕首雷厉风行地抵在晏瑶贝的胸口："哼，一起在黄泉路上做伴吧。"

云离安的眉头皱了起来，眸色生出一片荒芜的墨色。

晏瑶贝却没有丝毫的惧怕，反而迎头而上，对扁担伯说了一句："姑娘，别逼人太甚！"

"啊？"扁担伯诧异地瞪大双眼。迟疑间，晏瑶贝抓住机会避开匕首，将暗袖里的短刀抵在扁担伯的腹部，"姑娘，承让了。"

"你！"扁担伯颤抖得无话可说，手中的匕首径直落在地上。

云离安低沉地笑了几声，幽暗的眉宇舒展下来。

"她是姑娘？"钟夭夭震惊地举起手臂左右摇晃。

"姑娘？"萧锦林也露出惊愕的神色。

"是你自己说，还是我说呢？"晏瑶贝冷冷地问。

"扁担伯"一语未发。

"这到底怎么回事！"老者的手腕上崩起一道道交错的紫筋，"扁担伯"的脖颈上架起层层锋利的刀刃。

晏瑶贝撤去短刀，暗中长舒一口气，终于恢复了那股清明之色："这是一环扣一环的连环计，你先杀了真正的扁担伯，将他弃尸到连通的暗渠，我猜测，丢到暗渠里的不仅有尸体，还有所谓送给武侯的鸭胸脯和那些送的吃食，然后在木桶里装了猛火油。之后，你就假装成扁担伯独自挑着扁担来客栈送货，借机把猛火油洒落在二楼和四楼，又神不知鬼不觉地杀了真正的账房先生，点燃猛火油。这真是一招好棋呀，大火会烧焦尸体，烧毁你的罪恶，你又化身救火的善人。你以为做得天衣无缝，可是天网恢恢，疏而不漏。"

"哈哈——""扁担伯"仰头大笑，再低头时已是一位美艳的姑娘，一双狭长的柳眉妩媚勾人，每一根毛发都沾满妖气。

"我真是小瞧了你！"美艳姑娘拨弄着齐刷刷的指甲，"为了今夜的装扮，我下足了功夫，你是什么时候发现我不是扁担伯的？"

晏瑶贝微笑："你的装扮足以以假乱真，但是力气还是小了些，那扁担伯手脚粗壮，扁担磨得光滑，一看就是常年挑扁担之人，怎能连平衡都做不到，甚至担不起竹篮呢？还有那身衣袍，若体型相同，左右衣袖和肩膀上的磨损必会相同，而你习惯用左肩挑扁担，右肩的磨损却最为严重。当然，衣袍已毁，这些都是我的一人之言。不过，还有一个最重要的证据！"

"什么？"美艳姑娘强忍着嚣张的气焰。

"酒！"晏瑶贝眸光一闪，"扁担伯满身酒气，那酒应该是从内而外发出来的。而你的酒气是从外发出，说明你根本没有喝酒，你来到客栈勉为其难地当着众人的面假意喝酒，就是怕被人认出来。"

"我的确喝酒了！"美艳姑娘大声说。

"是啊，这是喝酒的代价！"晏瑶贝指向美艳姑娘的手腕背面，"你不善饮酒，喝酒之后会起疹子。"

"你真是厉害！"美艳姑娘揉搓着细密的疹子，默认了晏瑶贝的话，也直接地默认了自己是凶手。

人群里有人啧啧称赞："长安神探再世啊！"萧锦林黑着脸瞪了那人一眼，那人咂舌，捂住了嘴。

这会儿，天蒙蒙见亮，和煦的风吹动着街坊两旁的榆树枝条，如此渴望光明。但是这段黎明却比黑夜更可怕，总是让人措手不及。

晏瑶贝沉默无语，其实，她并没有十足的把握让凶人自认，这些蛛丝马迹都是她在弘风县衙的卷宗里学来的。

那里有太祖母——沈知意整理出来的千卷卷宗，父亲曾经一个字、一个字地教授她和哥哥。

那时，她从未觉得卷宗有用，甚至觉得枯燥无趣，如今看来，只要学过的，都会用到的，早晚而已。

晏瑶贝眯着灵动的猫眼瞄了一眼神色幽暗的老者，她深知这场大火背后的杀戮，哪里会是凶手说的个人恩怨那么简单？

这里的长安城，又是长生客栈，长生大火绝非寻常人为之。

果然，老者横起眼皮，露出浓烈的杀意："谁指使你？"

"哈哈……"美艳姑娘像变戏法一样，手里多了一条红绸带，她将红绸带在空中摇动，红绸带越转越大，越转越密，顷刻间变成一个密封的软陀螺将她裹在里面。

晏瑶贝脸色突变，她是红手门的人！

红艳的软陀螺里发出呜呜的哭声，云娘被吓破了胆子，怀里的琵琶砰的一声掉在地上。

"快拦住她！"萧锦林扯着嗓门。不良人们挥刀直入，那锋快的刀刃竟然扎不透软软的红绸布。

"来不及了！"晏瑶贝抿着唇，眼底一片暗芒。这是红手门惯用的手法，执行任务失败之后，必须自行了结。

她和弘风县的小毛贼杜小手亲眼见过惨烈的场面，没想到时隔半月，她又亲眼看到。

有时候，人性如此，对于恶人的慈，就是对善人的悲。

晏瑶贝本想开口，还是犹豫地忍住了。

云离安却开了口："用火！"

萧锦林立刻将桌案上的高脚烛台扔了出去。微小的火焰瞬间燃起火苗，转动的软陀螺垂直落在地上。

那名美艳姑娘已经变成奄奄一息的耄耋老妪，她微仰着头，目光呆滞、空洞，瞳孔里映出一抹绚丽的影儿，底色却是鲜红的血。她失去了心智，直挺挺地倒在地上捯着一口气脉。生而为人的那口气哪能轻易咽下，此刻神仙也救不了她，一炷香之内必死无疑。

一炷香的时间说长不长，说短不短，而一炷香的痛苦简直是世上最痛的苦，晏瑶贝清楚地看到挣扎之人的眼角流出的两行清泪。

哥哥说，人性本善，大凶大恶之人在临死前都会顿悟。

那她的泪是疼，还是悔呢？

若真的有轮回转世，她还会选择同一种人生吗？

晏瑶贝转过身，不忍再直视死亡。

云离安目不转睛地盯着佝偻痛苦的躯体，岿然未动。

直到一记急促的喘气之后，罪恶的人结束了罪恶的一生。

死于大火的众多哀命也算瞑目了。

这时，灰蒙蒙的天边勾勒着微微的光，拓出一片卷边的留白，承天门的兵甲穿着褪色的铠甲敲响了沉闷的晨鼓。这是大唐百年来的规矩，大唐的国威不再，规矩和习惯却刻在了长安城的每一块斑驳的青砖上。

随后，波浪般的鼓声一波又一波地传来，余晖下的大唐迎来了崭新的一天。

晏瑶贝迎着那满眼的红光，内心充满无穷的力量！可是她感受到了一股深深的无感，那是老者的漠视空空的双眼。

晏瑶贝自幼在县衙长大，识得人心冷暖，人有喜怒哀怨，也有离愁无奈，但最怕无感。这种无视、无心、无欲、无求的人，可怕、可畏又可憎。若空空如也，没有喜好，也没有愤怒，这就意味着无感。

那将是世间最大的危机！

晏瑶贝从未如此惧怕过，也从未如此渴望过自由，哪怕喘口气也行，她沉默地低下头，等待机会。

"都散了吧！"老者轻轻挥动衣袖，叹了口气。

客栈内的客人们悉数离去，云娘恋恋不舍地看着云离安，红着眼睛离去。

晏瑶贝焦急地低着头，跟在人群中，她真想化成一滴水，这样就可以无形地离开。

"姑娘留步！"老者和萧锦林同时喊道。

晏瑶贝的头好疼，如今已经真相大白，她也摆脱了嫌疑，还拦着她做什么？

她转过身，同时看到了云离安和钟夭夭，看着两人的神态，都没有要走的意思。

他们不走？

那都散了吧是对谁说的？是埋怨她没有道别吗？

晏瑶贝微微一笑："诸位，我还是第一次来长安城，听说西市有家叫祥云祥的糕团铺，糕点特别好吃，尤其是水晶龙凤糕，每块糕上都有枣子捏成龙凤的图案，又好吃，又好看。诸位告辞，后会有期！"

"这是晨鼓，东西开市要等一个时辰之后，那家糕团铺的掌柜的和我很熟，姑娘想什么时候吃，想吃什么，我让他送来便可，只是……"老者话锋一转，"看姑娘有没有本事吃到！"

"这……"晏瑶贝感到一股强大的气场，她暗道不好，应验了自己的猜测。但是她捉摸不清对方的底牌，这种时候，她不必多问、多说。多问一句，多说一字，定会引来不必要的麻烦，甚至杀身之祸，只要等待承受就好。

风呼呼地吹过，几声响亮的吆喝伴着凄厉的猫叫传入客栈，老者看向了骄傲的萧锦林，冷漠地说道："萧锦林，从天宝年间，长安城就开始禁运猛火油，只有掌灯的灯油坊，今日的猛火油是如何运进长安城，又怎会出现在长生客栈？你这个长安令该动一动了！"

"我一定会查个清清楚楚！"萧锦林行下叉手礼，知趣地带着不良人们撤去。

"封门！"老者命黑衣人把守在门口，长生客栈又变成了凝固的琥珀，只是这块琥珀暴露在阳光之下，很快就会融化，时间不多了。晏瑶贝的神经又一次紧张起来。

"姑娘，我丢失一物，一炷香之内，你不仅可以吃到祥云祥的水晶龙凤糕，还能吃到过门香和芝麻微子。"老者亲自燃起香烛，立在晏瑶贝的面前。

那股浓烈的香气熏透着晏瑶贝的眼睛，她来不及哭，因为连哭的时间剩下的都不多了。

晏瑶贝的脸色越发苍白，她没有反驳，也不屑反驳，她宛如一棵树死死地扎根在土里，无惧风雨，只有去搏！

真的好难！

现在，没有任何线索，人也放走了，只有大火中的灰烬，更重要的是连丢失之物都不知道是什么。

一炷香，一个人，一条命！

这如何寻找？

晏家人的命就是在这一炷香又一炷香的夹缝里辗转求活吗？

她必须要活！

晏瑶贝的眼底透着不服输的坚韧。

"这怎么可能？你丢的是什么？"钟夭夭忍不住地问。

老者不说话，将泛着星星点点红光的香烛插在高足香炉里。

天边的云终是被风吹散，零零碎碎地蔓延在地平线的周围，形成了耀眼的光环，那光环照进静寂的客栈，生出满屋的红光。

云离安挺拔地站在暖意的余晖下，地上是他和她的双影，她的背也同样挺拔。他微妙地挑了挑浓烈的眉，低沉地说了一句："长生殿，保长生，大唐永长生！"

晏瑶贝的手一抖，心底撕开了一条缝。

她瞥了一眼云离安，默默走到几案前坐下，拽下腰间的小铜镜和绣着兰竹的荷包。这是一面做工精巧的透光镜，铜镜背面的中心透出一束看不见的光，宛如银河边那颗触不可及的星。

她打开荷包，取出里面的小贝片，每颗小贝片小巧而光滑，仿佛温润的暖玉棋子，她取出一颗捏在柔滑的指间，稳稳地落在铜镜的中心，遮挡住唯一的光。

"姑娘会射覆？"老者眯着凌厉的眼。

"长生殿！"晏瑶贝在铜镜的背面落下一颗小贝片。

钟夭夭似乎想到了什么，她捡起一片小贝片仔细看，羡慕地说道："原来真的有射覆探案！"

晏瑶贝又捡起一颗小贝片放在铜镜上。

"世间事皆有天运、地运、时运。天运为大，地运为运，时运为缘。这长生为十二运之首，有婴儿出世，欣欣向荣之意，这就是天运。而这大火——"

晏瑶贝又落下一颗小贝片，指缝间疏离着晨光的暖意。

"火起子时，灭于丑时，落于寅时，子为阳生之初，复卦五爻为阴，初爻，最下一爻。"

晏瑶贝全神贯注地盯着铜镜上的小贝片，那是由一颗颗小贝片连成的星图，也是一团炙热的火焰。

她继续说道："丑时为鸡鸣，五行属土，为金库，日元长生。就是灭火之时，丢失了贵重之物。而寅时是日与夜交替之日，一日之首，有虎意。"

晏瑶贝盯着诡异的星图，她忽然明白了，原来这才是大火的真正原因，他们是想用大火找到可以得到长生殿的密钥，所以这场大火才会从二楼烧起来。

这么说，他早就知道凶手是谁？那凶手的目的？

不对，晏瑶贝回忆起查案的经过和络腮胡的命，他并不知道凶手是谁，之前没有声张是另有缘由，是他的身份！

那他呢？晏瑶贝摩挲着滑韧的小贝片，不知如何下子，哥哥是不是也和这件祸事有关？她几乎锁定了那个人，却不愿是他。如果她的猜测、判断得到验证，那她会陷入更深的迷雾，她的头顶没有星光引路，她只能在重重迷雾下孤独地辗转、跋涉、再辗转、再跋涉，直到挖出过去的、当下的，还有未来的隐情。

这是一条铺满曼珠沙华的不归路，也是通往希望的重生路！

落子！晏瑶贝稳健地落下最后一颗小贝片，干练地夹起压在铜镜中心的小贝片，一束洞悉真相的微光透镜而出，弥漫散出，一束光刹那间璀璨，又一闪而逝。

那就是真相！

"寅时属木，木又生火，才会得以真相。"

云离安目光一闪，眸色暖暖："原来如此！"

52

钟夭夭满脸狐疑，焦急地嘟囔："如此什么？真相到底是什么呢？"

一炷香刚好燃尽，屋内飘荡着炉灰的稠厚味道。

"在哪里？"老者瞪大犀利的眼。

晏瑶贝看向二楼："竹扁担！"

"去！"

老者命手下的黑衣人直奔而去。

不一会儿，黑衣人将竹扁担呈了上来，老者亲自接过竹扁担，用瘦弱的手狠狠地撕下粘在竹扁担背后的暗囊，那是红手门变戏法时用的小玩意儿。

他着急地打开暗囊，掏出一个绣着花图的鸦青色荷包，他的嘴角不由自主地扬了起来，眼角的皱纹深邃了下去。

可是他打开鸦青色荷包的盘扣，拿出一条红手门的红绸带时，那种巨大的、喜悦的前浪被更巨大的、更悲伤的后浪所吞噬。

他愤怒地站起来，将鸦青色荷包死死地攥在晏瑶贝的眼前，仿佛要捏碎她的喉。

此刻，晏瑶贝真的很怕，这种不怒自威的震慑比无环刀架到脖子上更可怕，她立刻就能毙命，没有任何辩驳和自救的机会。

"是红手门！"云离安突然说了话，"云娘！"

晏瑶贝一怔，云娘也是红手门的人？她是死去那位凶手的接应？是她拿走了荷包里的宝石？

云离安开口说道："红手门兴起街坊，当年的红手娘收了两个徒弟，一个女徒弟据说是舒王之女，另一个男徒弟是她在曲江池边捡来的。那女徒不必说，毕竟是皇族血脉。男徒弟就惨了，红手娘对他极差，十八岁之前，连长安城门都没摸过。后来，红手娘因杀害宫内的司珍被长安神探晏长倾擒获，红手娘以命抵命，想起了这个男徒弟，想用他的命抵自己的命，那男徒也老实，竟然同意了。"

云离安缓缓讲起了比说书人还精彩的故事。

老者的怒火还在上涌："云公子想说什么？"

"我是说现在的红手门。"云离安瞄了晏瑶贝一眼，"现在的红手门已经不是当年走街串巷变戏法的红手门了。当年那男徒不知道受了谁的蛊惑，借刀杀人，让红手娘自绝于命，他成了红手门的门主。从此红手门自成一派，成了街坊间的暗门。红手门的势力极广，门徒众多，手法狠辣。有人曾诳语，长安城没有红手门办不成的事情。"云离安继续说道，"半月前，弘风县县令晏恩贝办过一桩失物案，凶手是红手门的人，结果晏恩贝在别无道无故失踪，生死不明。"

晏瑶贝眯着猫眼，眼底一片赤红。

老者的话语依旧锋锐："这和今夜的事有何关联？"

"那就请晏姑娘说了。"云离安心情复杂地看向晏瑶贝，他不想逼她，却只能这么做。有一种情况叫作灯下黑，最危险的地方就是最安全的地方，他出击，等待还击。

晏瑶贝不敢走错一步，她看不到云离安眸心深处那一闪而过的寄托和希望，只记得他揭开了她的底牌，她要还击自保！

此刻是最危险的时候，大唐为州县制，州的长官为刺史，县为县令。大唐有三百余个州（府），一千五百余个县，像弘风县这样的小县微不足道，谁会在意一个小小的县令呢？

她痛苦地闭上双眼，原来他才是隐藏最深的人，可是她实在不愿回忆那天的事。惨痛的往事在眼前绚丽的绽放，绞着她的肉，扎着她的心，记忆的钝刀剜去了愈合的旧疤，喷出鲜红滚烫的血，还有满山的杜鹃花……

哥哥为了保护她，让她躲在大唐的龙旗下面，她透过龙旗的缝隙眼睁睁地看着哥哥掉进那个深不见底的泥坑。

她发疯地跑出来，却只在泥坑里拉出一只不属于哥哥的手臂。

手臂上缠着用血染红的绸带。等她带着哥哥失踪的唯一线索回到县衙，在哥哥的书房暗室里发现种种线索，她才知道红手门的存在。

尤其是擒获毛贼杜小手，追回弘风县的镇县之物——宝葫芦之后，关于红手门的线索越来越多。

红手门不同于藩镇，却比藩镇拥有更紧密的布局。

原本红手门沉浸数年，远离众人的视线，近年却活动频繁，都与长生殿有关。

若传闻都是真的，那证明红手门在寻找长生殿密钥。

那今夜之事？

晏瑶贝串联起所有的真相，她突然明白了一切，她是透明人，没有什么输不起的。与其挣扎，不如放手："我来长安城就是为了调查红手门，找寻哥哥晏恩贝的下落的。"

"你的百草霜色宝石是从何而来？"老者冷血地逼问。

晏瑶贝如实说道："是哥哥留下的。"

"哈哈——"老者发出沙哑瘆人的笑声，那拉长的尾音颤了又颤。

晏瑶贝的心抖了又抖。

老者将鸦青色荷包稳稳地放在晏瑶贝的手里，一字一句地吐出三个字："找回来！"

晏瑶贝懵懂之际，云离安暗自松了口气。

突然，守在门口的黑衣人捧着一只灰色的信鸽三步并作两步地走过来。

老者从信鸽小腿上的竹筒里取出字条，那是加密过的暗字，需要通过密钥读出来。

老者瞪圆了眼睛，那一条条红血丝捆绑了整个眼球。

"走！"老者带领着黑衣人焦灼散去。

长生客栈内只剩下晏瑶贝、云离安、钟夭夭和两个吓破胆不知所然的客栈伙计，还有那堆僵硬的炭骨。

晏瑶贝的心情很沉重，哥哥的事情还没有头绪，又揽了一档子事儿，这都是拜他所赐。

云离安盯着门外忙碌的人影，勾唇一笑："水晶龙凤糕应该出锅了。"

"走，本姑娘请！"钟夭夭得意地说，"乐人居！"

"你还是跟我走吧！"一记阴柔的声音从门外传来，一位身着明光铠甲的年轻男子走了进来。

"哥哥！"钟夭夭扑到钟濯濯的怀里，"你怎么才来呀，昨晚一群混蛋欺负我，尤其那个喂马的萧锦林，哼！"

钟濯濯疼惜地抚摸钟夭夭的头："昨晚昭义来人了，我一直在书房处理军务，管家不敢通报，晨鼓响了两遍，小菊才以煮茶的借口进来告诉我，你不在府里。我命司文去查，才知道你来了这里。"

"哥，我是来查案的。"钟夭夭强调。

钟濯濯皱眉："查案可以，可是我不是说过不要来长生客栈吗？最近长安城不太平，你不要乱走。"

"我没有乱走，我真是来查案的。"钟夭夭啰里啰唆地、手舞足蹈地、夸大其词地将昨晚发生的事情绘声绘色地讲述了一遍，说到动情处，还抹起了眼泪。

"哥，我差点就见不到你了！"

晏瑶贝脑袋嗡嗡作响，她从不知道钟夭夭除了蛮横不讲理，还有可爱撒娇的一面。

晏瑶贝苦着脸，不做声。

云离安风淡云清地看着窗外的淡云，仿佛置身于世外。

钟濯濯眯着狭长的丹凤眼，听着钟夭夭的哭诉，握紧拳头。

"这笔账我记下了，一定饶不了那个喂马的军汉！"

"对，让他赶紧去住马槽子！"钟夭夭露出两颗小虎牙。

"你没受伤吧？"钟濯濯关切地上下看宝贝妹妹，钟夭夭一边摇头，一边急切地拉着他的手来到晏瑶贝面前，"这次，多亏了我的好姐妹，哥，这是我认识的新朋友！嗯，她姓晏，是长安神探的后人，那应该就是——"钟夭夭的语调突然一转，"她就是我的嫂嫂呀！"

云离安微微一颤，眉心深处映出一抹化不开的不悦。

晏瑶贝有些凌乱，准确地说是措手不及，不是好端端地说昨晚的祸事、惊险和委屈吗？怎么三言两语地就拐到嫂嫂了？

她可是个清清白白的女儿家。

钟濯濯反倒大方些，他认真地盯着晏瑶贝，薄翘的唇缓缓地念叨道："晏、瑶、贝！"

晏瑶贝一惊，钟夭夭并未提及她的名字，他怎么会知道？

哥哥曾经提及过她是有婚约的人，难道会是他？

"我还有事，后会有期！"晏瑶贝哪有工夫想儿女情长，她要去救哥哥！

钟夭夭一把拉住她："哎，嫂嫂，别那么着急，咱们先回府，一切从长计议，从长计议！"

"回府？"晏瑶贝停顿了一下。

"对啊，长安城这么大，你总不能乱跑吧，就像昨晚，你一个姑娘家住店多危险？你是我嫂嫂，是我钟家的媳妇儿，自然要住在钟家。"钟夭夭偷偷在晏瑶贝耳边说悄悄话，"我哥哥很温柔的，你放心，他一个妾室都没有，也从来不去平康坊喝花酒！"

晏瑶贝大声回了一句："这和我无关！"

云离安陡立的眉心缓了几分。

"哈哈——"钟濯濯发出柔和的欢笑，那声音悠长而唯美，仿佛曲江池边婀娜多姿的柳枝在清风的吹拂下掠过碧绿的湖面。

层层涟漪入心，泛起旖旎的情思。

可惜，晏瑶贝体会不到这种美妙。她只觉得那笑声过于放肆，而她是收敛、自律的女子。

"承让！"晏瑶贝不想得罪谁，也不想亲近谁，这是她一贯的原则。

钟濯濯很失落，从小到大长安城的少女见到他都恨不得扑上来，就连金枝玉叶的公主也少了几分矜持和娇羞，唯独她咋没有任何反应呢？

难道他的笑声不够迷人，笑容不够美？

钟濯濯心虚地清了清嗓子："这个……"

"刚刚好！"云离安莫名地说了一声，走到门口，晏瑶贝低着头，跟了出去。

钟夭夭急躁地喊道："哎，哎，嫂嫂，咱们一起走啊！"

"先管好你自己的事情！"晏瑶贝白了她一眼，大步地走出长生客栈。

长安城的天美丽如画，如洗的蓝天，锦簇的菊花山子，一片祥和的景象。团团暗影下，陈旧的青砖黑瓦像是横在天地间丑陋的伤疤，时刻提醒着世人这里曾经的辉煌，曾经的荣耀和曾经的伤痛。

旧日的变与不变，今日的行与不行，来日的对与不对，对于晏瑶贝而言都是一样的，就像这陌生的长安城，她的眼前一下子亮了起来……

第二章　无极宫秘闻

　　长安城纵横三十八条大街，沿着朱雀大街东西各三坊地，便是东市和西市，这里是长安城最热闹的地方。

　　长生客栈地处西市的怀远坊，胡商颇多，大多做皮货和吃食的生意。

　　如今街道上已经热闹起来，忙碌的人群踩着斑驳的青砖忙着讨生活。有挑扁担卖鱼虾的，有挎着竹筐卖酥梨的，有摆摊测字算命的，还有支出小摊儿煮茶汤的。

　　那正宗的长安调伴着入乡随俗的胡音儿一声高过一声，这是最真实的人间烟火，也让人记起曾经荣耀的大唐。

　　晏瑶贝和云离安站在那百年的榆树下，头顶是疏密的树叶，清风吹过去，翠翠的树叶翻了又翻，仿佛绽放了一树的银花。

　　"你到底是谁？"晏瑶贝谨慎地问。

　　云离安微微仰起头，树叶的暗影将他如玉的脸颊映衬得半阴半阳。

　　他是谁？

　　他也曾如此问过自己，他是云府世子，他是云壶药房的掌柜的，他也是云帮门的帮主，他掌控着长安城的药脉、消息，还有钱！

　　动荡不安的百年里，兴化坊败了多少家高门大院，唯独云家屹立不倒。外人都说云家世代悬壶济世，积了善德。其实，这都是美好愿望而已，这人吃五谷杂粮哪有不生病的。财可舍，命一条，再苦再难总得要看病的，成全了云府数百年的财富。

不过，云府财不露富，倒是为云帮门提供了有利条件。

当年，九岁的云离安从父亲手里接过云帮门，历经八载，云帮门成为长安城最神秘的门派，以互通消息而扬名黑白两市。江湖传闻云帮门的帮主是官家人，是皇亲国戚，谁会想到是文弱的云家世子呢？

他真的很弱吗？云离安的眼底蠕动着数不清的暗芒，他的手沾满了血，红手门和云帮门也有着千丝万缕的联系。他手中有刀，他也是别人手里的刀，他是谁呢？

云离安未语，那黯淡的眼底挤压出一条细密的裂痕，一条伤痕累累的裂痕，钻心的钝痛蔓延在他的全身。那是孤独的痛，一种痛到极致的痛！

那抹红影宛如一朵锋利的冰花刺痛他的双眸，狠绝地扎在他的心上，他终是伤了她。

云离安抬起头看着那碧蓝如洗的天空，仿佛被皂角洗过一样，骄阳如火的花朵烧红了天边的流云。

他是谁呢？

"你才是今天真正的纵火者！"晏瑶贝盯着他的背影，试图穿透那道不可逾越的阻力，她淡定地说道，"你故意和云娘在大堂用餐，就是为了配合凶手放火杀人，而且，你早就知道账房先生已经遇害，红手门的人假替了她。你明知道我会去你的客房，便故意命人从外面上锁，企图烧死我，没想到钟夭夭

61

救了我。后来，你看到我火里逃生，便想借萧锦林的手除掉我。哼！还好苍天有眼，我命不该绝！方才，你又借那位权贵之手，让我受制于人。你到底是谁？到底想做什么？"

云离安沉闷地闭上了双眼，他的眼前是另一座长安城，一半的长安城美丽如画，欢声笑语，不仅有佳肴美食，还有裙角飞扬的胡旋女和翩翩起舞的蝴蝶；一半的长安城却是生离死别，哀怨一生，鲜红的花瓣化成滚烫的热血，一张张惊悚的面孔倒在血泊之中，他想救，却无能为力。

突然，一束金灿灿的光落在他的头顶，映出满满的温暖，他不再孤独。

云离安缓缓睁开双眼，恢复原本的温润，他深沉地说道："那又如何？"

"你也是红手门的人！"晏瑶贝愤愤地甩出扇坠子上的红璎珞，"你和唱曲儿的云娘都是红手门的人！"

"看来，你都知道了！"云离安淡淡地笑，"世上有一种人，性情固执，只相信自己亲眼看到的，亲耳听到的。而且，一旦认定，便视为不可逆的真相。任凭外人如何解释，如何劝慰，不但听不进去，还会认为那是狡辩！"他盯住了晏瑶贝的眸。

晏瑶贝一怔，仔细揣摩每一个字，她的确是这样的人，可是，这样不对吗？坚持自己所认为的，相信自己看到的，听到的，这是执法者的根本。

他和她只有一面之缘，他竟然一眼看透了她！

"那又如何？"晏瑶贝说出同样的话。

云离安微笑地挑着浓重的眉，反问道："那你知道那老者和账房先生的真实身份吗？"

晏瑶贝闪过一抹自信的笑意，应道："那位老者的身份你我心知肚明，不必明了。至于账房先生，倒是值得推敲的，这直接关系到长生客栈幕后的势力。我仔细观察过，账房先生写一手好字，用笔纤瘦，结字疏通，有薛少保之风。他最喜欢做的动作就是叉手，那是官场中常见的叉手礼，他无论做什么，说什么，都熟练地先做出这个动作，说明曾经的官位不高，习惯行礼。而且，他熟习茶道，那行云流水的煮茶功夫可不是一时半会儿能学会的，他出生世家！"

晏瑶贝停了一下，故意放缓语调，更进一步地讥诮道："如今长安城的世家公子已经沦落到做账房先生了吗？"

云离安眉头一紧，嘴角含着笑意："他来自弘文馆！"

"弘文馆？"晏瑶贝暗惊，大唐的百姓谁不知道弘文馆？那是大唐藏书之所，亦是招揽天下名士的地方，曾改名为昭文馆、修文馆。但百姓依旧称为弘文馆，馆内多是博学多才的学士，官职不高，却是帝王身边的近臣。

如果账房先生出自弘文馆，那这长生客栈的掌柜的？晏瑶贝惊讶地迎上云离安的双眸。

云离安的眼底燃起了一团红艳的火苗儿，心想她总是那么聪明！

晏瑶贝的心里翻滚着巨浪，看来他早就知道长生客栈的一切。她盯着云离安腰间的印章，谨慎地问道："你到底是谁？"

云离安笑了，他忽然深情地盯着晏瑶贝，晏瑶贝愣住了，他什么意思？

云离安忽然一步步地走向晏瑶贝，紧紧地抱住了她。晏瑶贝不敢乱动，云离安暧昧地贴在她滑嫩的耳边，蛊惑地说道："你很快就知道我是谁了！"

"你？！"晏瑶贝迟疑的片刻，云离安抓住了她的手，凌厉地说了一个字："走！"

晏瑶贝懵懂之际，云离安拽着她敏捷地拐进一条小巷，晏瑶贝这才发现他们的身后乌泱泱地追来一群人，每个人的手臂上都系着醒目的红绸带。

晏瑶贝侧目："是红手门的人！"

"一群乌合之众。"云离安紧紧拉着晏瑶贝的手，用力地踹向松松垮垮的坊墙，碎石倒了一地，生生将明亮的光拦腰砍断，也压碎了墙角的黄纸钱。

"跟我走！"云离安带着晏瑶贝快速地穿过崇化坊，来到金光门。此刻是查验手实的时候，金光门的门前排着长长的商队，都在焦急等待着进城。

两人捡了两顶藤帽戴在头上，悄悄地混入一家验过的商队，商队沿着喧嚣的街一路向南，那群乌合之众失去了线索，对面不识人。

可是不知哪个眼尖的伙计看到两张生面孔，他大声地喊了一嗓子，云离安和晏瑶贝被发现了行踪，后面的人又追了上来。

"快走！"云离安和晏瑶贝甩掉头上的藤帽，冲在狭窄的街道上，后面的人越跟越紧，两人跑得很快。

"那边——"云离安盯着一处萧条的院落，晏瑶贝闻到了潮湿的香气。

这是一处败落的寺院，院内杂草丛生，两侧的禅房黑乎乎的，倒挂着一群丑陋的蝙蝠，时而发出瘆人的尖叫声。大雄宝殿还算好些，至少有个藏身之处。

晏瑶贝和云离安同时伸出手臂，推开了那扇落满尘土的佛门。伴随着吱嘎的声音，晏瑶贝看到了一团怪物，不争气地扑在云离安的怀里："啊！"她吓得闭上眼睛。

云离安满足地拂过她的鬓角，安慰道："别怕，是弥勒菩萨。"

晏瑶贝的脸红了，她办过那么多案子，什么时候变得这么胆小了？是因为这里是长安城吧，她自己安慰自己。

但是千万不能长他人志气，灭自己的威风，晏瑶贝还是反驳了一句："菩萨不保佑恶人！"她将恶字咬得极重。

云离安笑了，他一边警觉地竖起耳朵，一边轻描淡写地应道："菩萨超度众生，哪有恶人？"

透过那斑驳的窗棂，外面的脚步声越来越近，云离安的脸色一沉："他们追来了，走！"

"来不及了！"晏瑶贝左右瞄了一圈，目光落在角落里的长条香案上，"那里！"

她拽着云离安的手走到香案后面，藏了起来。香案不大，两人贴得很近，云离安的手环着晏瑶贝的细腰，闻到了淡淡的女儿香，他的喘息有些沉重。晏瑶贝哪里知道云离安的痛苦，她紧张地透过一条微小的缝隙窥视着外面的情况。

那群红手门的信徒野蛮地推门而入，从衣着打扮上来看都是普通的新信徒，有男有女，有老有少，还有一个挺着大肚子的孕妇，果然是一群乌合之众。

晏瑶贝的心情很复杂，她刚刚坏了红手门的一桩大事，红手门会如此轻敌怠慢她？小县衙也会出重金悬赏江洋大盗的。可是红手门偏偏派出了眼前的这群人，而正是这群人追赶了她七八个街坊，将她逼到香案之后。

所以，红手门并非谋财害命，而是在警告她要知难而退，告诫她不要自不量力，更是震慑她不要一意孤行。在偌大的长安城，她在明，对方在暗，红手门只要派一群可有可无之人挠个痒痒，就能要她的命，杀死她简直比碾死一只蚂蚁还容易。

红手门！

晏瑶贝眯着猫眼，心里窝着一股无名火，喘息也沉重了起来，香案背后的气氛变得异常的微妙。

突然，那个大肚子的女信徒不知看到了什么，她竟朝着香案的方向走了过来。晏瑶贝的心提到了嗓子眼儿，她尽量将头向后靠。与此同时，云离安也做了相同的动作，他贴近她，她也在贴近他。两人的姿势变得更加暧昧、缠绵。

晏瑶贝虽然不喜，也没有其他法子。

两人哪里知道，女信徒奔的是香案上的送子观音，根本不是她和他。

女信徒越走越近，她和他还在紧张地躲避。晏瑶贝心一横，富贵险中求，命也一样，她索性拽着云离安缓缓地移动，云离安丝毫没有拒绝，一副很享受的样子。两人移到了香案底下。

晏瑶贝白了云离安一眼，继续关切着外面的动静。

"求菩萨保佑！"孕妇虔诚地念叨着。

一位长相凶残，腰间别着一把宰羊刀的屠夫怒骂道："咱们是来捉人的，不是来拜菩萨的。捉不到人，怎么和姑奶奶交代？"

屠夫一脚踢翻香案上落满尘土的送子观音，黄土做的观音像跌落在地，滚到香案下，掀开了粗麻布的一角。晏瑶贝紧张地屏住了呼吸。

"是，是！"孕妇唯唯诺诺地低下头，在伏地的瞬间，她忽然睁大眼睛，迎上了晏瑶贝乌黑的眸。

"啊！"孕妇发出一声惊悚的惨叫，吸引了所有人的目光。

"你看到了什么？"屠夫举起腰间的砍刀，孕妇颤抖地指向香案底下。

晏瑶贝的心跳得厉害，以目前的局面，如何逃，逃到哪里，怎么逃，她和他都没有任何优势。

难道挨过了昨夜的暴风雨，今天要翻在这条小沟渠里？晏瑶贝不甘地盯着那道愈加逼近的寒光。

"嗯！"云离安在晏瑶贝的耳边发出一声深沉的低吟，这让晏瑶贝记起了他的存在。

"怎么办？"晏瑶贝在云离安的手掌默默地写字，云离安抓紧晏瑶贝的手，回了三个字："相信我！"

相信？晏瑶贝立刻想起了那场大火里盲从相信的尴尬，他值得相信吗？她对他的了解只停留在名字。

一连串的疑问让晏瑶贝陷入了无比的纠结，但是她很快认清了现实，在坏人和坏人之间，她选择了先活着。

"嗯！"晏瑶贝主动握紧云离安的手，算是对盟友的相信。

云离安的眸凝结着坚定的锋芒，一只手紧紧抓着晏瑶贝，一只手悄悄地摸向身后的灯油碗。

伴随咕咚的一声巨响，宝殿内的弥勒菩萨的佛身晃动不止，好像佛祖显灵了一般。那些红手门的信徒们都吓破了胆，连屠夫都掉了手中的刀，跪倒在地念佛祖保佑的话。

这一招声东击西的连锁反应，无人再注意到香案，晏瑶贝和云离安稳稳地落入一间漆黑的暗室。

伴随着一阵灰飞烟散，归于静谧，晏瑶贝听到了白烛燃烧发出的吱吱的灼烧声。

"放开我！"晏瑶贝挣脱了云离安的束缚。

云离安熟练地用火折子又点燃了一根垂满烛泪的白烛，那是在先人画像前的一束香火，往事如火惨烈，时光却诗意如烟。

那柔小的火团舒展着筋骨，仿佛跳起了美艳的胡旋舞，火团越转越大，照亮了晏瑶贝的眼。

晏瑶贝环视四周，震惊地捂住了唇。

整面墙仿佛长满了阴间的眼，狠狠地瞪着她，她惊着魂，忘记了自己是谁。

云离安凝神道："你小时候也听过这个故事吧！"

"神龛墙！"晏瑶贝仰起头认真地看着小时候最喜欢听的故事。这是一面神龛墙，整面墙上有无数的龛洞，每个洞里都供奉着牌位。

他们都是被帝王绞杀的舒王旧部，其中也包括她的先祖、长安神探晏长倾的父亲——晏陌。

当年，晏家父子一个布下凌烟阁杀局，一个卷入凌烟阁杀局，搅动大唐的风云。最惊奇的是不仅仅是眼前的这面龛墙，在这面墙的背面，也是一面龛墙，那里是昭义钟家军的冤魂。

当年，先祖晏长倾和昭仪世子钟离辞就各自站在龛墙的左右，互相利用，互相猜测，互相倾轧，又互相合作。

他们一起扭转乾坤，阻止了凌烟阁杀局。可是，他们也付出了极大的代价。她的太祖母沈知意身受重伤，太祖父晏长倾求遍名医依旧没有救回太祖母的命。最后，两人留下幼子，不知所终。

每当听到这段往事，晏瑶贝总是会问父亲："他们去了哪里？"

父亲看着两人的画像，热泪盈眶，不知所言。

她以为父亲不愿说，如今想来父亲也是不知道，但他们的名字却刻在了这里。

晏瑶贝在一个龛洞里看到了熟悉的名字，她从荷包里拿出一方帕子，踮起脚尖儿，激动地擦拭着牌位上的名字：晏长倾，沈知意。

原来他们又回到了长安城，回到了最初的地方。

不过，擦着，擦着，晏瑶贝察觉出有些不太对，整面墙的龛洞都缠绕着密密麻麻的蜘蛛网，唯独太祖父和太祖母的龛洞如此干净，连牌位都浸着润滑光闪的桐油。

是他？

晏瑶贝迟疑地看向云离安，云离安也在做着和自己相同的事情，那个牌位上写着一个人的名字：云时晏。

是那位爱吃鱼鲙的云太直？他是云太直的？

晏瑶贝默默地注视着那孤寂的背影，她的眼底仿佛落了一片痒痒的雪花儿，她用体温将雪花融化，洁净的小水珠在细密的纹路里辗转荡漾，她的眼睛变得湿润。

他……

云离安孤独地背着双手，神色凝重地站在龛墙前，颤抖地摩挲着掌心的纹络。他仿佛看到那风云诡谲的杀局，听到了那惊险刺耳的杀戮。

他微眯着双眼，感受着无边际的黑暗，向往着温暖的光明。

或许这世上本就是黑的，需要有人拨云见日，需要有人拨开洞穴前掩盖秘密的枝叶去窥得天机。

他能做到吗？

云离安望着黑黑的龛洞，挺直了背，游荡在角落的阴风吹乱了他的乌发，洗涤着他那颗纯真的心，他变得洁净、闪亮。忽然间，他像一只晾翅的白鹤张开了双臂，他迎着风飞过厮杀流血的玄武门，飞过波涛暗涌的凌烟阁，飞过花团锦簇的崇仁坊，飞过曲江池南的芙蓉苑，飞过饿殍遍地的暗坊，飞过重甲把守的延平门，终于看到了无光之地——长生殿！

他看到了长安城所有的光鲜华丽，也看到了阴暗丑陋。最后，他落在最高的阙楼上，托起万家灯火，点亮了那璀璨的夜空，他露出温暖、畅意、欣慰、满足的笑容……

晏瑶贝看到了另一个云离安！

云离安缓缓落下双臂，优雅地转过身，背后是错综的龛墙，他淡定地说道："晏瑶贝，你冰雪聪明，难道真的不知道我是谁吗？"

"你！"晏瑶贝抿着唇，这长安城的老人谁不知道"双晏"！

云离安猜中了晏瑶贝的心思，笑道："晏家和云家是世交，这是毋庸置疑的，所以请你相信我，我不会害你。当年，凌烟

70

阁供奉着大唐的功臣，鬼王在此布下杀局，为舒王翻案，争位夺权，无论如何变，李姓未变。如今的事和当年如同一辙，却更加凶险，现已是朱家天下，天子移宫，长安空城，能否点亮长生殿的宫灯，扭转乾坤天命，谁也不得而知。唯一知道的是……"

云离安深情凝望着晏瑶贝，晏瑶贝顺意地应道："是凶险！"

云离安的眼底映着她的小影儿，那是烈火，烫烈的火，如此的滚烫、沸腾。他们是同一种人，宁愿在自己身躯上烫上烙印，也要扛起肩上的担，守护公平、正义，还有余晖下的大、唐。

云离安微笑地伸出手："我带你去个地方。"

晏瑶贝迟疑了一下，还是握紧了那双温暖的手。

辅兴坊挨着太极宫，曾经住在这里的人非富即贵，当晏瑶贝和云离安走出密道，晏瑶贝一眼就认出了巍峨的玄武门，她惊喜又不敢相信地说道："这里是？"

云离安轻轻拂过衣袍上的尘灰："没错！"

这是两进的院落，前院的正堂为竹苑，后院的卧室为纱居。

晏瑶贝颤抖地推开那道时光之门，沁人的清香扑面而来，一条条婀娜舞动的绢纱垂在她的头顶，她的眼满是斑斓。

这里曾经是太祖母沈知意住过的地方，那时她还是凌烟阁的宫女。太祖父晏长倾是长安城人尽皆知的太傅府邸的幕僚。

这宅院是精通射覆的太祖父从宪宗手里赢来的，每次说起这段往事，父亲都会眯起眼睛，再教她和哥哥几招射覆的本

71

领。

她学的尤其认真，天天嚷着要赢个宅子回来，哥哥笑话她爱财如命。

等她长大了才知道，想要赢容易，赢宅子却好难。现在她才知道，赢得辅兴坊的宅子简直比登天还难。

"我云家守了这么多年，现在要物归原主了！"云离安安静地看着缥缈的绢纱。

晏瑶贝盯着云离安："你就是和哥哥通信的长安商人！"

云离安微笑地解下腰间的印章，晏瑶贝从袖袋里取出一封密信，比照了信尾的印记，方寸刚好。

"云时晏是我的太祖父，我云家与你晏家的情谊从那时就结下了。"云离安解释道，"当年他们三人本想一同离开长安城去找寻无极道人的下落，但是晏长倾和沈知意深知一路凶险，不忍我太祖父历险，晏长倾拜托我太祖父照看晏府，留守长安城。这一别就是二十年，等三人再聚时，沈知意身中奇毒，只有无极丹可以救命。当时，宫中只剩下一颗无极丹，太祖父从宫中费尽心思地盗来，可惜装仙丹的葫芦是空的，不知是被宫人偷吃了，还是从来没有过。后来，他们三人被无极道人逼迫，用自己的命，换来长安城百年的安宁！"

"他们一起赴死了！"晏瑶贝似乎看到了那场考验亲情、爱情、友情的酒宴。觥筹交错间，三人选择了同生共死，兑现了年少时许下的诺言。

云离安的脸上闪过沉重的悲痛："从那以后，我云家再未出过御医。"

"所以，晏家和云家也从未断过联系？"晏瑶贝追问。

"没错，一切皆因无极道人！"云离安继续说道，"当年红手门的那位男徒弟就是受了无极道人的蛊惑，成为红手门的门主，也就是说无极道人掌控了红手门！而无极道人入宫，是为了另一桩事。"

"长生殿！"晏瑶贝一语道破。

"没错！"云离安从暗袖里拿出一颗月白色的宝石，"这就是当年他们三人查到的，连同宝石，还有两个字！"

云离安重语："天祐！"

啊？晏瑶贝震惊地瞪圆了双眼："这杀局已经布了一百年？"

"刚好是我、们！"云离安将月白色的宝石放在晏瑶贝的掌心。

晏瑶贝拿出自己的那颗百草霜色宝石，两颗宝石同时发出莹莹的光泽，她困惑地问道："世上真的有长生殿吗？"

云离安点头："世上万物皆有天时，当年袁天师布下长生殿永保大唐长生，大唐历经天后临朝，安史之乱得以延续，皆是时辰未到。起初，你我的祖辈并不知道这天祐二字什么意思，直到改元天祐，我和晏兄才知道这是大唐最后的机会！"

"长生殿，保长生，大唐永长生！"晏瑶贝斩钉截铁地念道。

"或者真相并非如此！世事无常是老祖宗留给后人的一句警示，若不是亲身经历过，谁也不会体会到无常的含义，就像当年荣光的大唐如今也褪去璀璨的外袍，露出一身伤痕累累的血痂，依旧在叩响着续命的索魂曲。天上的云，聚了又散，散了又聚，一切因缘而生，又陡然而起，唏嘘无常。"云离安缓缓从角落里拿出一盏宫灯，那宫灯做工精巧，用料珍贵，最稀奇的是灯身上竟然镶嵌着两面玉镜，一面玉镜的背后是用金箔贴承担君临天下，一面玉镜的背后是由小贝片组成是江山永固。

他等待这一刻已经很久了，既纠结，又矛盾，他盼着与她相见，开启密钥，又不愿她卷入纷争，陷入危难。

可是，谁能阻挡前进的路呢？

这是她和他的使命！

"你知道密钥吗？"云离安认真地问。

晏瑶贝惊讶地盯着宫灯，想起父亲临终前的嘱咐，原来他是……

晏瑶贝缓慢地解下手腕上的金环月，云离安拿出了带着体温的小金球。

两人分别将金环月和小金球放在两面玉镜上，宫灯像锦盒一样，发出咔咔的声响，从里面掉出一张泛黄的信函。

信函上写了六个字："毁长生、保大唐！"

晏瑶贝揉着眼睛，不敢相信这是真的。

云离安犹豫了一下："这是晏长倾、沈知意和我的太祖父云时晏留下的。"

"如何毁长生？"晏瑶贝百思不得其解。

"或许，当年他们发现了什么，因时机不对，无力改变现实，只能共同赴死。"云离安细心揣摩，"才会留给我们！"

"现在的时机到了？"晏瑶贝目光沉稳。

"没到吗？"云离安低语，"天祐二字已经表明要借助上天保佑了，长生殿的传言传得沸沸扬扬，长安城内风声四起，天

74

下各方势力蠢蠢欲动，这是最好的时机，也是最坏的时机。"

云离安立在窗前，望着那翠绿的竹林。老天总是在每个人自认为幸福快乐的瞬间埋下忧伤的种子，天地间被欲望、贪婪、权贵蒙蔽，只能靠大无畏的人挺直脊梁去生生撑开朗朗的青天。

"的确到了！"晏瑶贝坚定地应道。不过，她很快想到了另一件事情。

父亲说过，她是有婚约的人，他们之间的信物就是金环月和小金球，谁若拿着小金球来登门提亲，她必须要嫁给他，这是百年前定下的婚约。

她以为是父亲的玩语，却是真的。

晏瑶贝不安地瞄了云离安一眼，云离安会心地微笑道："你我同年，你是年头，我是岁尾，我小你十个月零三天，我已经给晏兄递过庚帖了，他说要多留你一年，我才没有登门提亲。"

"嗯！"晏瑶贝的心很乱，此时此刻，她对云离安谈不上喜欢，也谈不上不喜欢，总觉得这样的关系尴尬又生疏，杀局已开，哪里有时间考虑儿女情长。

晏瑶贝随便找了个借口："我不喜欢比我小的男子，婚约的事，等寻到哥哥，咱们可以解除婚约，不必拘泥小节。"

"解除婚约？"云离安的内心一阵失落，脸上却不悲不喜，他认真地应了一句，"那要看上天给多少缘分。"

晏瑶贝没有说话，屋内陷入了微妙的沉寂。

不一会儿，外面传来籁籁的脚步声，一位手掌粗壮的男子扯着嗓门："公子，兴化坊来人了，召公子进宫！"

云离安奋力地推开那扇门，一束光照在他的身上。

"敢和我一同去吗？"

长安城一百零八坊，东富西贵，辅兴坊坐落在城西，紧挨着太极宫。

日渐西沉，密集的鼓点响彻长空，一辆疾驰的马车逆光而行，微弱的余晖仿若昨日的暗影一点点地甩在两人身后。

玄武门依旧是从前的玄武门，墙缝里长满了哀怨的青苔，远远望去，那面雄威的龙旗变了，江山也易主了。好在大唐的余威还在，身着铁甲的金吾卫还在，李姓的天子也还在。

晏瑶贝和云离安在门前下了马车，踩着当年晏长倾、沈知意、云时晏走过的路，踏入了笼罩在暮色中的皇宫。

这座巍峨的宫殿啊，承载了多少辛酸和秘密，历经了多少坎坷和狼烟。

两人越过曾血流成河的城门，走过褪色的高阁阙楼，似乎聆听到了那悠扬凄美的曲调。

突然，晏瑶贝在锦簇的牡丹花前看到一个无比熟悉的身影，云离安也惊讶地停下脚步。

那人笔挺地站在娇媚的花丛中，眉眼含着笑意，朱红照红了他隽秀的脸颊，生生将那株艳丽的洛阳红比了下去。他轻轻抬起手臂，优雅地拂过落在袍摆上的一片花瓣。

晏瑶贝柔软的心角撕开了一道极深的裂痕，她大声地呼喊："哥哥！"

那人面无表情，一动未动，仿佛被人收走了阳间的魂魄。

晏瑶贝着急地跑过去："哥哥，哥哥……"

云离安察觉出异样，他立刻拦住晏瑶贝："小心有诈！"

果然，眨眼间，半片花叶都未动，那人就已经消失得无影无踪。

晏瑶贝情绪激动地晕倒在云离安的怀里。

云离安盯着那道暗影，痛斥道："出来！"

一个小宫人从花丛中窜出来，嬉皮笑脸地抖着激灵："嘿嘿，云公子真是怜香惜玉之人呢。"

"告诉你们门主，不要自作聪明！"云离安目光一闪，"我应她的事，自会做到！"

"千万别辜负了我们门主！"小宫人刻意地瞄了一眼云离安怀里的晏瑶贝。

云离安厌恶地瞪了小宫人一眼，稳稳地抱起晏瑶贝，斩钉截铁地说道："谁若敢伤害她分毫，谁就是我云离安的敌人！"

小宫人怔怔地站在那里，双腿一软，跪在地上。

从花丛深处站起一位身材优美的女子，怨恨地拨弄着长长的指甲，哀怨地说出三个字："晏、瑶、贝！"

天色已晚，天边的斜阳挣扎着释放了最后一抹光芒，燃尽一圈的辉煌，完成宿命的轮回，完美地落入沉寂。半轮明月翩然而至，高挂夜空，明月的光，淡雅凄美，虽然没有旭日那般炽热温暖，却足以驱散尘世间的黑暗。

"嗯！"晏瑶贝缓缓地醒过来。

云离安抱着她，温柔地说道："好些了吗？"

"哥哥……"晏瑶贝的眼角噙满了泪水。

云离安轻轻地哄道："那都是红手门的幻术，你放心吧，晏兄才智过人，他不会无缘无故地毫无消息，或许，他有更重要的事情。"

"更重要的事？"晏瑶贝困惑。

"还记得别无道的杜鹃花吗？"云离安问。

"嗯！"晏瑶贝抖动手腕上小小的金环月。

云离安捂着胸口，那里是那颗填满金环月的小金球。

"一别无道金环月！"他喃喃地说道，"别无道的秘密太多了！"

晏瑶贝目光一滞，她看到了一条细长柔软的火龙，一群提着桂竹扎的小角宫灯的宫人缓缓朝两人走过来。那一排小角宫灯宛如游荡在天边银河的蛟龙，寓意"彩龙兆祥，民富国强"。

此情此景，极为美妙。

那束暖暖的光出现在她的眼前，照红了她的双眸。

晏瑶贝慌乱地红了耳根儿："放我下来。"

云离安不慌不忙地放下她，也望向那条越来越清晰的、长着獠牙的火龙。

"这是神策军左中尉——张公公。"走在最前面的小宫人趾高气扬地扯着长调。

一位摇着金环浮柳葫芦尘的老者站在宫人的中间，正是长生客栈见过的旧人。

"晏姑娘，云公子，我们又见面了！"张公公露出一抹久违的笑意。

这是晏瑶贝和云离安意料之中的事，长生客栈乃是藏龙卧虎之地，能让执掌长安城生杀大权的萧锦林低头，能让出身弘文馆的账房先生唯命是从的人，岂能是寻常人？所以两人没有丝毫的惊讶。

而且，晏瑶贝早就猜出张公公的身份，只是不知他是谁的人！

两人还没有和张公公寒暄，张公公忽然俯身跪下，那些身后的小宫人也齐刷刷地跟着跪下，那条火龙顿时变成了一条蜿蜒卧地的火虫。

晏瑶贝面带不解，云离安依旧一副云淡风轻的样子。

"求云公子救太子一命！"张公公竟然老泪纵横地恳求。

晏瑶贝眉头一抖，救太子？太子在宫中？她瞄向云离安。

云离安眸光深沉地说道："尽力而为！"

如果没有迈出玄武门，困在这四角皇宫，住在这华丽的宫殿，还以为这是盛世大唐。

殿内弥漫着浓烈的、吊命的参汤味儿，那张雕刻着飞龙在天的龙床上躺着一位瘦弱的少年。少年面如死灰，印堂灰黑，若没有那明黄绸缎的映衬，晏瑶贝以为人已经死了。

可是，事实上，云离安皱着眉诊了半个时辰的脉络，得出了晏瑶贝只看一眼的结论。

"太子薨了！"

"太子不可能出事！"张公公的语调有些慌乱，"太子也不会出事！"

"脉络为空，悬而不绝，无胃、无神、无根，为病邪深重，元气衰竭，胃气已败的征象，这是真脏脉，也是绝脉！我云家世代行医，虽不再为御医，但医德和医术仍在，人各有命，华佗再世，也不能和天争命！"云离安字字在理。

"不可能！"张公公恢复张狂的狠辣，"太子有蟠龙护体，定会长命百岁，钟濯濯！"

一名小宫人小跑过来："张公公，听说钟家小姐病了，钟护军今夜没来。"

"哼！"张公公振臂一挥，那葫芦尘在空中划过一道寒光，"那就让我亲自动手吧！"

从门外闯入两位身着铠甲的铁面人，那两把锋利、直长的刀刃抵在晏瑶贝和云离安的胸口。

"若太子不能活，尔等都要为太子陪葬！"张公公放出狠话。

"我们都不会死！"晏瑶贝站了出来，"这里是皇宫，天底下最荣耀，最安全的地方，你们如此喧嚣，太子如何养病？"

"哦？"张公公眸光一沉，"那就请二位为太子仔细诊病吧！"

两位铁面人迅速地退了出去，连个影子都不曾留下，这就是说书人口中的暗卫吧，晏瑶贝盯着云离安。云离安皱着眉，那眸光宛如疲惫的红日在薄薄的云层里一寸寸地下坠，变冷，直到遁入无尽的混沌。

"命所有人退去！"云离安说道。

张公公顿了顿，用力地摇动葫芦尘，殿内的宫人悉数离去。

张公公想转身走，又不放心地折返回来。

"可要准备些什么？"

"包扎伤口的绢布。"云离安淡定地吸了一口气，从药箱内拿出一把短小的匕首。

"好！"张公公走了出去。

殿内只剩下晏瑶贝和云离安，渺渺的檀香洗去了病榻上的浊气，两人的呼吸都变得沉闷。

晏瑶贝麻利地翻开太子的眼皮儿，又抓起太子的胳膊摁几下，还拔了一根柔软的绒发放在太子的鼻孔前。

那根绒发微弱地动了一下，晏瑶贝眯起透出聪慧的猫眼儿："张公公说得对，太子是假死。只是这原因嘛……"

"你学过医？"云离安惊喜地侧目。

"没有！"晏瑶贝摇头，"不过，我偷偷和县衙的阎王手学过验尸。"

"仵作？"云离安险些将匕首扔在地上，她的胆子真的很大，用仵作的法子给太子诊病。她可知太子对大唐、对江山意味着什么吗？

如今躺在龙床上的太子比帝王的命还重要，是李氏皇族唯一的血脉，太子出现任何闪失，这江山就真要易主了！

其实，云离安并非不知太子假死，只是赌注太大，这刀一旦下去，生死未卜，倘若如此假死下去，或许还能保住一呼一吸。

看来，今夜只能赌了！

云离安握紧了手中的匕首。

晏瑶贝也没闲着，她一直在观察毫无声息的太子，那一床锦被正是诗词中的"半匹红绡一丈绫"。可是比起命来，孰轻孰重呢？

晏瑶贝的胸口似乎压了一块石头，窒息得厉害，她很快发现太子的睡姿不太对。照理，以太子目前的状态，只能平躺静卧，而现在太子的背部却垫着柔软的合欢枕。

以太子尊贵的身份和张公公对其的态度来看，没人敢在太子头上动土，这合欢枕只能是在太子昏迷之前垫上去的。

难道是太子的后背不舒服，吩咐宫人如此做的？

晏瑶贝眸光一闪，试探地说道："太子的后背……"

云离安点头："事情比较严重，你要有个准备，必须要听我的安排，自己不可妄动。"

"你知道太子的病因？"晏瑶贝惊讶。

"帮我将太子翻过来！"云离安的神色很沉重。

"好！"晏瑶贝挑起襦裙，挨着床沿儿，将太子侧身翻过。

云离安麻利地解开太子的内袍，露出一片瘦弱发黑的后背。他伸出手掌，从肩胛骨一路向下摸索，沿着正中的一条督脉，最终停留在委中穴的位置上。

"在这里！"云离安轻拍几下，确定了准确的位置。

"是什么？"晏瑶贝疑惑地问。

云离安仔细地摸了摸，如玉的脸色愈加黑沉。

这时，张公公领着一个小宫人走了进来。小宫人年纪不大，穿着小宦官的宫装，卑微地低着头，怀里捧着素白的绢布。

"云公子，都准备好了。"张公公难得的慈眉善目。

"嗯！"云离安举起匕首，张公公脸色大变。

晏瑶贝聚精会神地大喊道："绢布——"张公公手忙脚乱地捧起绢布，殿内回荡着浓郁的血腥气……

半个时辰后，太子的脸颊红润了几分，气脉也缓缓地重了。云离安洗净双手，擦过额头的细汗，静心地搭在太子的手腕上。

"不必再喂参汤了，太子阴虚火旺，湿热严重，多食参汤无益。让御膳房熬些白粥，放些陇西的枸杞、红枣，就像寻常百姓家的吃食。记住，一定要小火慢熬，熬出粥油来。"

"是，多谢云公子！"张公公弓着腰，用沾湿的帕子润过太子的唇。他眯着眼睛，眼角的皱纹里荡过湿润的浊泪，"不知，太子何时能醒过来？"

云离安寥寥数笔写下药方："三服药后，太子必定苏醒！"

"菩萨保佑，菩萨保佑啊！"张公公握着药方，虔诚地十指合并祈求上苍。

晏瑶贝从门外走进来，她朝云离安微微点头："从太子身上取出的妃色石和秋香石已经装入石铅盒，埋在了土里。"

"唉！"云离安长舒一口气，牵挂的心落了地。

凡事都讲究天时地利人和，这场赌局险中求胜，终是胜了。晏瑶贝的猜测是对的，他的判断也是对的。有人在太子身上放了不干净之物，导致太子形同死人。

只是他没有想到的是，从太子身上取出的竟然是妃色石和秋香石，这和晏瑶贝的百草霜的宝石异曲同工。

还是和长生殿有关！

"晏姑娘、云公子，这到底是怎么回事？"张公公为太子拉过丝滑的被角，顺手拿起床沿儿上的葫芦尘站在两人面前。

晏瑶贝解释道："世上万物皆为天地精华，日夜汲取阴阳二气、七曜之气、九星之气、三垣之气、干支之气、四时之气等等，万物不同，气所不同，那妃色石和秋香石为利害虎狼之物，与太子之气相克，吸太子之气，导致太子虚弱假死，幸亏今晚发现及时，否则……"

她停顿下来，看向云离安。

云离安淡定地接了下去："否则，太子会衰竭而亡，浑身溃烂而薨。"

"岂有此理!"张公公愤恨地咬着牙,散发着杀人的戾气。

"宫中不干净!"晏瑶贝有意地说道,"若不找出真凶,恐怕还会对太子图谋不轨。"

张公公摇动葫芦尘,挺直伛偻的背:"二位是英才之后,大唐的基石,请随我来吧。"

晏瑶贝和云离安沉默地看着彼此,默认地点头之后,在张公公的指引下走出殿内。

一行人辗转顺着曲折的石子路前行,绕过一片锦簇的芍药花,来到一座高阁。

高阁的门外摆放着五足神兽香炉,香炉里燃着香烛,炉身上雕刻着以虺为首的五个上古神兽,香炉的内壁上篆刻着太宗亲笔书写的铭文。如今,香炉的香灰磨亮了乌金色的炉壁,最大的虺首刚好对着高阁的正门。

正门上高悬着笔酣墨饱的三个大字——凌烟阁!晏瑶贝和云离安激动地停下脚步。

张公公伸出手臂,做出请的手势:"三天前,太子就是在这里祭拜功臣画像之后,卧床不起的。起初,他还能说话,说是遇到鬼了,吓破了胆,掌了殿内所有的宫灯。后来我特意请荐福寺的玄空高僧为太子诵经祈福,太子的心智稳了,却陷入了昏迷,气脉越来越弱。宫里的御医都说太子薨了,连安仁坊的崔神医也束手无策。幸亏一直照料太子身子的老奉御提及了云家,云家世代行医,自从云时晏过世之后,云家归隐,再不入皇家事,可是云家的医术哪是旁人所能及的?我想到与云公子有数面之缘,便冒昧地遣人去府上请了。"

云离安微微一笑,晏瑶贝的心底却掀起轩然大波,她在意的并不是云离安的医术，而是张公公口中的请，云府的人明明说是旨意。

张公公岂有下旨的权力？太子重病在床命悬一线，那这旨意是谁下的？莫非……

晏瑶贝疑心重重地迈过那道高高的门槛。

高阁为太宗朝修建，供奉为大唐立下赫赫战功的二十四位功臣画像，皆真人大小，画像全部面北，阁中有中隔，南北各书写着"功高宰辅"和"功高侯王"。

排在第一位是赵公长孙无忌，第二位的是河间郡王李孝恭……

这些护佑大唐江山的功臣当年是何等的威风，如今遗忘这废宫的荒凉角落，掩埋在黄沙之下。可是，相比这些宰辅和侯王，还有多少守护大唐，而没有被记住名字的白骨？

譬如她的太祖父、太祖母，又譬如他们云家！

值得吗？晏瑶贝扪心自问。

"值得！"云离安看穿了她的心思，轻轻地说出了她心底的答案，晏瑶贝的眼底闪过坚定的眸光。

"太子来祭拜功臣画像时，是一个人？"云离安开口问道。

张公公点头："是啊，此乃虔诚所在。"

"那凌烟阁的宫人呢？"晏瑶贝追问。

张公公轻叹口气："陛下远在神都，太极宫空无一人，谁还会恪守规矩和职责，这凌烟阁本为六名宫人轮差，后来三清殿无人打扫，便拨走两名宫人，再后来，剩下的四名宫人嫌看守凌烟阁枯燥，无利可图，都去了前殿，只剩下一名宫人，好像叫——"

他停下来想了一下："鱼娘！"

"鱼娘？"晏瑶贝顺手扫过通往二层的楼梯护栏，抓了一把香灰，看样子已经多日不曾打扫，"鱼娘，现在在哪？"

"她不见了！"张公公愤慨地说道，"太子在凌烟阁出事，我岂能留她？我派人去捉她，她疯疯癫癫地一路跑，栽进了荷塘。后来有宫人说，在三清殿见过她，她已经成了疯婆子！"

"疯了？"晏瑶贝又问。

"是的，我亲眼所见，她疯癫成魔，说什么看到鬼了！"张公公回忆道。

"鬼？"晏瑶贝的脑海中勾连起两张不相关的面孔，却展现出相同的神态，那是发自内心的恐惧。

他们看到了什么？晏瑶贝陷入了沉思。

张公公甩着葫芦尘："那就请二位找出真凶吧，老夫就不打扰了！"张公公走出凌烟阁，关上了那扇阻隔历史的大门。

晏瑶贝的黑眸里蠕动着无数个墨点，那些墨点粘在一张盘根错节的网上，她要找出隐藏罪恶的那个点。

"云离安……"晏瑶贝习惯地说出他的名字。可惜，她没有得到回应。晏瑶贝这才注意到云离安已经沉默许久了，他正云淡风轻地站立郑公魏徵的画像前，啧啧称赞道："阎右相的绘画古雅沉着，线条刚劲有力，神采如生，笔触细致，果然是丹青神化。"

"然后呢？"晏瑶贝走了过来。

"然后？"云离安指向画像旁的字，"褚仆射的书法融会贯通汉隶，自创一体，也是大家风范。"

"呃！"晏瑶贝郁闷地叹了口气，提醒道："你若专心在此欣赏丹青，祭拜功臣，突然看到鬼，怎么办？"

云离安眯着眼看向一面空荡荡的墙壁，低沉地说道："听说凌烟阁有道暗门。"

"就在这里！"晏瑶贝推开那扇墙，一股浓烈的香烛味道弥漫而出，她看到了一张诡异的脸。

那脸上只有一只眼，一半的嘴唇，那半张唇在不停地蠕动，发出嗡嗡的声音。晏瑶贝仿佛看到了另外的一个世界，她的眼前出现一道光，哥哥晏恩贝站在光里朝她招手，她着魔似的走向那道光，马上就要抱住那道光时，哥哥竟然消失了。

站在她面前依旧是那张可怕的脸，那张脸在朝她笑，笑着，笑着，突然张开血盆大口，露出阴森的白牙……

"啊！"晏瑶贝头疼得厉害。

"闭上眼睛！"云离安及时抱住她，将一颗薄荷清香的药丸送到她的口中。同时，他转过身，用宽大的袖口掸落鬼脸木勺上淡绿色的药粉。

许久，晏瑶贝缓缓醒来，发现自己和云离安来到了凌烟阁的二楼。

晏瑶贝一眼就看到了那张鬼脸，她迟疑地走过去，发现竟然是木勺，那张鬼脸就画在木勺上。

"这是陇西的木勺，据说当年的宫廷木匠黄林居曾经用木勺雕成鬼脸，引来杀身之祸。这张鬼脸的雕琢简单，做工粗劣，显然不是黄林居的手艺。"云离安解释。

"这就是太子和鱼娘见到的鬼，我也看到了！"晏瑶贝确定地说道。

"那是因为有人在木勺的纹络上藏了迷惑人心智的药粉，

除此之外，还有这个！"云离安指着几案上的一小块石头。

晏瑶贝一眼就认出是铅石，她串联起所有的线索，说道："有人利用鬼脸木勺恐吓太子，利用太子心智不清的时候，将那两颗妃色石和秋香石放入太子体内。可知道凌烟阁有密道的人并不多，会是谁呢？"

晏瑶贝停顿一下，立刻想到一个名字："鱼娘！"

云离安眉头一紧："鱼娘只是一名普通的小宫人，才会分到偏僻的凌烟阁当差，她哪有谋害太子的胆子，除非此鱼娘非彼鱼娘。"

"或许真正的鱼娘还在这里！"晏瑶贝敏锐地盯着四周，她很快发现了角落里的神龛，凌烟阁是太宗皇帝为二十四位功臣所建，因为建在皇家内宫，摆放功臣牌位有违君臣之道，故而在祭拜时会供奉神龛。

神龛足有一丈高，三尺深，上面蒙着一大块红绸布。

如今宫内虚空，凌烟阁无人打扫，连楼梯把手都积满了尘灰，那神龛上的红绸布却鲜艳耀眼。晏瑶贝屏住呼吸，勇敢地掀开了红绸布。

只见神龛里有一具瘦小的尸体，凝固变黑的血染透了翠绿的宫装，最诡异的是高耸的螺髻下竟然看不到她的脸。

"啊！"晏瑶贝倒吸一口冷气。云离安将她护在身后，认真查看了尸体，重新盖回那块红绸布。

"她才是真正的鱼娘！"晏瑶贝惊魂未定。

云离安点头："那个疯癫的鱼娘早已溜出皇宫了。"

"那会是谁呢？"晏瑶贝沉思，"如若想谋害太子，又何必如此费尽心思，如此做，又有何用？"

"有用！"云离安眸色深谙，"如果拿太子的命换取长生殿的秘密呢？"

"他们是奔着……"晏瑶贝心惊。长生殿仿若一张食人的网，每个人都在支离破碎的缝隙中寻找属于自己的归属，哪怕卷入黑暗的漩涡，哪怕碾碎血肉身躯，变成微不足道的泡沫。

谁在织网，谁在食人，谁又在破网呢？

太祖父留下的那句"毁长生、保大唐"又有何深意呢？

晏瑶贝的心底裂出一道无底的漩涡。

云离安淡淡一语："如果凌烟阁是大唐的起点，那长生殿就是大唐的终点，谁听说后会睡得着呢？"他静谧地看着窗外那抹昏黄的烛光，眼底映出一片明黄之色。

屋内陷入了寂静，灯光晦暗惨淡，微小的烛光变成了一朵还没来得及绽放便步入枯萎的花朵，只剩下空空的花蕊，发出一抹无痕的香。那些凋零的花瓣落在脚下，化作烛泪，烛光又渐渐亮了起来。

不过，明亮的光总是短暂，不能持久。一阵夜风吹过，灯光又蜷缩成一小团，像是一只被折去翅膀的蝴蝶，站在悬崖峭壁前顽强地求活。

再难也要活下去！

晏瑶贝感叹道："真是好饿呀！"自从踏进长安城，接连遭遇凶险，她连一顿好饭都没吃到。

云离安溺爱地看着她，勾唇一笑："听说御膳房的金乳酥松软酥脆，乳香可口，不如我们去讨几个尝尝！"

"真的吗？"晏瑶贝惊喜。

"想必有心人已经为我们准备好了！"云离安笃定的语调。

当晏瑶贝满足地从小竹笼里拿出带着热气儿的金乳酥时，她还是十分敬佩云离安未卜先知的本事的。

他总是让她捉摸不透，她曾以为他是草包，几个回合下来，发现他有几分真本领。

她曾以为他是敌人，却是太祖父为自己在百年前定下的如意郎君。那他和红手门的云娘是什么关系？

晏瑶贝喝了一口热汤，又咬了一大口金乳酥。

相比晏瑶贝的狼吞虎咽，云离安的吃相就优雅多了。他缓慢地嚼着，仿佛伴随着悠扬的曲调一同下咽。

两人谁也没有说话，就像寻常夫妻吃晚饭那般，恬静安宁，多了几分亲密和自然。

餐后，那个为太子捧绢布的小宫人来了，他将晏瑶贝和云离安带到一间闷热的密室。

密室左右各置几案，中间被一架紫檀屏风隔为两间，屏风上是宫廷仕女的赏花夹缬，夹缬的花样惟妙惟肖，灵动优美，题跋处清晰地印着景院的印，景院是越州长史周舫的字号，此人最擅长绘画仕女图，最得意之作为《簪花仕女图》，为世人追捧。这架屏风上的赏花夹缬如此逼真，显然是按照原画临摹制成，原画绝不低于《簪花仕女图》。

一间暗室内居然有一架价值万文钱的屏风？

"这是哪里？"晏瑶贝闻到了一股特别的香气。

小宫人不语，关了房门恭敬地退了出去。

云离安盯着几案上带着余温的紫金香炉，皱紧了眉。

张公公摇着葫芦尘走了进来："二位可知道是谁谋害了太子？"

晏瑶贝默默点头，说道："假鱼娘！"

"是她！"张公公脸色一变。

"假鱼娘是红手门的人！"晏瑶贝抿着唇，瞟了云离安一眼，云离安纹丝未动。

"你如何知道的？"张公公惊讶。

晏瑶贝坐在几案前，缓缓取下腰间的小铜镜和装小贝片的荷包，她夹起一颗小贝片精准地压在铜镜中央："这一切要从弘风县说起。"

弘风县又名延水关，在贞观二十三年（649）改安民县置业，属延州，曾改名为延水县，但民间还是习惯叫弘风县。

晏家是什么时候到弘风县的不得而知，这弘风县的县令却一代代地传下来了。父母过世之后，晏恩贝作为晏家唯一的男丁成为弘风县的县令，晏瑶贝则辅助之。

这弘风县说大不大，说小不小，小毛贼还是有的，杜小手就算一个。他本来也是老实人，给娘亲治病的钱被人偷了，他拼死抢了回来。那贼人听说他给娘亲看病的钱不够，还主动多给了十文钱。

杜小手为了这十文钱拜师学艺，也成了毛贼。他是县衙的常客，每次都是被晏瑶贝擒获的。

自从晏恩贝出事，晏瑶贝许久没见过杜小手了，没想到杜小手自己送上门来。他主动交代说自己偷了弘风县的宝贝——宝葫芦，宝葫芦扣在一个木勺里，那个木勺是他在变戏法的摊子上顺来的，木勺上画着一只红红的眼睛，挺吓人的。

当时她和杜小手去取宝葫芦，发现木勺不见了，晏瑶贝的本意是追回宝葫芦。她以为木勺的事情是杜小手乱编的，如今想来杜小手没有说谎，这只木勺是从弘风县来到长安城的。

晏瑶贝缓缓讲述着往事，铜镜上的小贝片已经连成一片。

云离安目光深谙盯着跃动的烛光："这是红手门惯用的手法，我曾与他们有过过往，他们最擅长的事情就是李代桃僵、阴魂不散！"

"的确如此，那如果红手门与旁人联合呢？"晏瑶贝将一颗小贝片重叠地落下。

张公公惊语，"是朱……"

晏瑶贝抬起头，说出心里话："如今的大唐早已不是当年的大唐，长安城表面繁华，街坊的深处处处伤疤，若是以私利为由，不顾百姓的死活，那岂不是成了罪人？正统终为正统，从继位那刻起，所有的血海深仇都归为乱臣贼子，恨也罢，怨也好，这就是规矩。世间要有规矩，无规不成事，无矩难成圆，每个人守住自己的规矩，才会更圆满。出了格，坏了规矩，会牵连更多无辜的人。而守住规矩，自然需要有勇气的人去搏！"

"去搏！"张公公忽然哽咽了。

"说得好！"从屏风后面走进一位身着红袍的男子，男子威严而立，张公公立刻跪了下来。

晏瑶贝和云离安也随之跪下，行下大礼。

"参见陛下！"

昭宗挥动手臂："起来吧，朕的行踪，不要随意泄露。"

晏瑶贝和云离安沉默地对视一眼，彼此心知肚明，想来坐镇神都的帝王是影子，真正的天子从未离开过长安城。

昭宗稳稳地坐下，凄凉地举起五瓣花型的茶瓯，感慨地说道："大唐有如此忠贞之人，朕甚为欣慰。"

"陛下，草民妄言了！"晏瑶贝谦恭地叩首。

"无妨！"昭宗挥手，他瞄了一眼几案上的铜镜，"不知你们知道了多少？"

晏瑶贝笑道："陛下是长生客栈的主人！"

"哈哈——"昭宗默认了自己的身份，"果然是晏长倾和沈知意的后人！还有吗？"

云离安指着鬼脸木勺开了口："这木勺的背面刻着两个字——无极，无极道人是宪宗朝旧人，想必那时，皇家就已经通过无极道人寻找长生殿了。"

"哈哈——"昭宗点头，"云时晏的后人也是有勇有谋的少年英雄！"

"请陛下明示！"晏瑶贝和云离安齐声说道。

昭宗站了起来，瘦弱的君王几乎撑不起那绣着龙爪的红袍，"长生殿是帝王口口相传的秘密，是大唐的根基。元和年间，宪宗借助无极道人的力量寻找长生殿密钥，反被无极道人利用，幸亏晏长倾、沈知意、云时晏还有钟离辞力挽狂澜，保住了长安城，他们却付出了惨重的代价。除了钟离辞之外，他们三人用性命与无极道人做了赌注，钟离辞也重病在床，坚持了五年，便归西了。长生殿的秘密就此销声匿迹，无人再提及。"

"是陛下开始寻找长生殿？"云离安疑惑。

"朕不想做亡国之君！"昭宗坦言，"长生殿在无光之地，想要照亮长生殿，就必须找到大日晷十二时辰上的宝石。只要转动大日晷，便能扭转乾坤，改变时间，朕可以重活一次，大唐也会重振当年的雄风。"

昭宗张开双臂，那条飞龙在他的胸前腾空而起，晏瑶贝似乎又看到了长安城门上的唐旗！

那面唐旗下是一张张熟悉的脸。

"所以陛下以长生客栈抛出诱饵，那些传闻和宝石都是陛下授意的。"晏瑶贝缓缓说道。

"没错！"昭宗微笑，"长生殿密钥是代表十二时辰的十二种颜色的宝石，朕的手里有五色，除了玄色和鸦青色，其他三色都抛了出去，大鱼很快就咬钩了。"

"红手门！"云离安语调微冷。

"是啊！就是红手门，朕以前并没有把他们放在眼里，密钥抛出去，才知道红手门的力量如此之大。朕信任之人不多，首先找到了……"昭宗停顿了一下，顺手从铜镜背面拿起一颗光滑的小贝片。

晏瑶贝急语："我哥哥。"

"这是先帝给我留的人！"昭宗从袖口拿出一方明黄帕子，帕子上写着两个字，"晏、云。"

云离安脸色一沉："原来这就是晏兄的秘密。"

"我哥哥在哪里？"晏瑶贝着急地问。

昭宗的脸上闪过帝王的尊严："晏恩贝在为朕办另外一件密事，必要时，朕会让你们相见。当然，那也看你们的命！张公公……"

张公公端着鎏金的托盘，盘里有两杯酒，酒香醇厚，宛如令人上瘾、欲罢不能的毒品。

张公公微笑道："这是用尼雅马利配制的美酒，世间绝品。"

尼雅马利！

那是敦煌画师的鸩毒啊！晏瑶贝、云离安看着对方，帝王眼里哪有真正的信任，想必晏恩贝也面临过如此的境遇，两人谁也未动。

"这是朕赐予你们的。"昭宗的眼底一片冷漠。

下一刻，云离安跪倒在地："草民和晏姑娘誓死效忠陛下，草民愿一人喝下！"

晏瑶贝一愣，他在护她？

"哈哈——"昭宗发出狂妄的笑声，"好一个郎情妾意，是朕不讲情面吗？"

暗室内流动着无尽的杀气，那是天子之威的愤怒。

张公公劝慰道："云公子，晏姑娘本是忠良之后，只要同心为陛下找到长生殿，待天子正大光明地还朝长安，大唐重振雄风，两人不但会无恙，更是功勋一件，也是入得凌烟阁的。"

"张公公所言极是，君无戏言。"昭宗许下重诺。

晏瑶贝从未想过入阁之事，她一直在想哥哥的决定，哥哥喝下尼雅马利时，是何等的心情？

这是晏、云两家的命吗？

不对，方才陛下提到了钟家，那为何先帝留下的密函上没有钟字呢？是忌惮钟家的兵权吗？

自古天子多疑，哪有什么绝对的信任。

她瞄了一眼云离安，云离安正用同样的目光看着她。这似乎是一种默契，两人同时拿起了酒杯，一饮而尽。

"好！"昭宗露出满意的笑容，他吩咐张公公，"交给他们吧。"

张公公将一个玄色荷包放在云离安的手里。

云离安捏着里面的宝石，侧目："既然十二色的宝石代表大日晷的十二时辰，那如何知道每颗宝石所对应的时辰呢？"

"这就要看你们的本事了。"昭宗冷语，帝王从来只要结果，好的结果。

"我知道！"晏瑶贝拿出百草霜色的宝石，那宛如墨色的宝石在烛光下发出光泽，里面透出了一个子字。

"这是子时的百草霜色。"晏瑶贝缓缓说道。

昭宗和张公公的眼底一片惊喜。

云离安的眼眸也映着喜悦，她总是这般聪慧，给人惊喜。同时，他又有无尽的疼爱，她这是看了多少个日夜，才在悲伤和痛苦中发现的奥秘。

晏瑶贝继续说道："这是子时百草霜色、丑时玄色，埋入地下的是卯时妃色和辰时秋香色。"她又拿出鸦青色的荷包，"我推断这是寅时鸦青色，宝石被红手门的云娘窃走。这就是陛下抛出去的五色密钥！"

昭宗点头："的确如此！"

"那其他七色在哪里？可有线索？"云离安开口问道。

昭宗转过身，面向那架屏风，背手而立。随后，他发出一声轻叹，眼底收起那点点暗芒："唯一的线索是前朝有个叫叶默城的人，据说他后来去了素十城，至于他的后人在哪里，谁也不知道，或许不在了，或许改名了，又或许没有后人。"

那就是没有线索，云离安沉默不语，他是医者，深知尼雅马利的威力和时效，若十日之内拿不到解药，必死无疑，而且死相极为难看。尼雅马利会在体内凝结成黏稠的液体，那黏液会顺着七窍溢出，变成一具恶心的尸体。

十日！他和她能找到消失百年的七色宝石，开启长生殿的秘密吗？难道毁长生，保大唐的告诫是先自保？

云离安想到了家里唯一的那颗药丸。

"朕信你们！"昭宗的眼底充满希望。

晏瑶贝沉思片刻，凝神说道："也并非没有线索，红手门也在寻找长生殿，跟着他们，就能找到线索。"

"那朕就等着你们的好消息！"昭宗喜出望外。

"陛下，萧锦林和钟濯濯……"张公公小声提醒。

昭宗大声说道："朕会下旨封晏姑娘为长安县丞，这是晏长倾当年的官职。还会封云公子为奉御，云奉御不受长安城夜禁的限制，还你们云家祖上的荣耀。另外……"

昭宗解下腰间的令牌："你二人可以随时凭此令牌去找神策军护君中尉——钟濯濯协助，但……"他威仪地盯着晏瑶贝和云离安。

晏瑶贝对于突如其来的荣耀有些不解，好在云离安心思缜密："微臣自有分寸！"

"好！"昭宗喜出望外。

张公公跪地祝贺："祝陛下喜得良臣，我大唐江山稳固！"

"长生殿，保长生，大唐永长生！哈哈，哈哈……"帝王的笑声里散发着失去自我的迷失，他的头顶没有引路的星光，只能反反复复地在重重迷雾下孤独地辗转、跋涉，再辗转、再跋涉，直到找到光明之路。

那是一条铺满锦缎和荣华的大路，那是大唐的长生路！

云离安握住了晏瑶贝的手，晏瑶贝的手冰冷刺骨。

这时，一个小宫人进来禀告："陛下，永安坊又发现一具无脸女尸。"

晏瑶贝想起了长生客栈里听来的流言。

昭宗面带不悦："尔等小事，还要朕费心吗？"

小宫人放低声音，解释道："这次不是花坊的姑娘，而是安兴坊将军府的诰命夫人。这会儿大将军已经去领尸了，听说是同一具棺材装了两具尸体，其中一具是诰命夫人。"

"大将军？"昭宗侧目。

张公公提醒："陛下，大将军手里还有十五万府兵。"

昭宗的眼底碾压过一抹贪婪的欲望："晏县丞、云奉御。"

"微臣在！"晏瑶贝、云离安恭敬地应道。

"朕命你二人调查此案，务必给大将军一个交代！"昭宗重语。

"是！"

晏瑶贝、云离安抬起头时，密室内已经空无一人。那架紫檀屏风之后发出沙沙的声音，两人迟疑地走了过去。

"啊！"晏瑶贝震惊地捂住了红唇，云离安也惊了脸色。

那是一个巨大的沙漏，细细的沙在无情地流逝，沙漏里埋着一根粗壮的香烛，一缕缕无形的烟雾将细细的沙染成了金黄色。

那是威仪的皇家之色，也是黄泉路上的黄沙之色。

而这个时候，晏瑶贝和云离安才发现，这不是密室，而是密不透风的天牢！天牢的墙壁又高又厚，都是用黏米和黄泥一层层地涂抹在青砖上垒成的。通往死牢有多道关口，每道关口都有专人把守，每道关口首尾相连，形成封闭的空间，即使有人逃脱也无法找到出口，只能从一间牢房，走入另一间牢房，整座死牢形同杀人的迷宫。

好在，他们的身后有道门。

两人心思沉重地走出玄武门，坐上了云家车夫——夏末赶来的马车。

黑压压的乌云仿若一块密不透风的幕布，笼罩在长安城的上空。狂风呼啸而过，雨水却迟迟不来，令晏瑶贝生出几分不安和焦灼。她时而挑开墨色的帷幕向外张望，遥远的天边勾出一片留白。

云离安闭目养神地说了一句："时候还未到！"

第三章　教坊弄剑舞

时候果然未到，风越来越弱，一道道利剑般的闪电劈开了乌云翻滚的天幕。天空仿佛解除了诅咒的封印，留下一片朗朗的天空！

云离安掀开帷幕看着湛蓝的天空，沉稳地说道："你看到了吗？这是长安城的天！"

晏瑶贝迟疑地看向远处，那模糊的天边悄无声息地卷起一条留白的缝隙，撬动暗黑的黎明，她精准地抓住那道缥缈的微光，坚定地说道："你看，天要亮了！"

云离安被眼前那自信的笑颜迷了眼，入了心。他情不自禁地念道："瑶贝！"

"啊？！"晏瑶贝目光一滞，他唤她瑶贝，她和他竟如此亲密了。

是啊，她和他刚刚经历了生死，解开了误会，知晓了对方的身份，接受了长生殿的任务，更是一同喝下了尼雅马利。

她是晏家人，怎会不知道推背血案，怎会不知道尼雅马利的厉害呢？

这种名字美丽的毒竟然变成了宫中御用鸩毒，帝王心，果然深不可测。

若功成，难退，若功败，必死！

他们守护的又是什么？

忽然，晏瑶贝听到一串悦耳的铃声，马车的速度渐渐慢了下来。

云离安索性挑开右侧的帷幕，一阵阵花香飘过，他淡淡地说道："瑶贝，你见过长安城的美吗？"

晏瑶贝摇头："我从未来过长安城。"

云离安微笑地指向远处的高大的街坊："你看，那是乌头墙，从前住过太傅！那边是太平坊，当年的舒王府，那边是太平坊，太平公主和驸马爷的府邸。长安城的每个街坊都有一段故事，东市和西市的酒肆、茶坊、花坊甚至纸活铺可能都留下了哪位大家的墨宝和诗词，长安城就是这么神奇的地方！"

"听说香山居士最爱在酒肆的墙上作诗！"晏瑶贝眯着猫眼慵懒地盯着整齐的坊墙，"绿蚁新醅酒，红泥小火炉。晚来天欲雪，能饮一杯无？"

"是啊！花间一壶酒，独酌无相亲。举杯邀明月，对影成三人。"云离安点头，"长安城是通往西域的起点，也是西域来东土的终点，在所有人眼里都是世上最繁华的地方。长安城的美酒天下闻名，有剑南烧春、河东乾和葡萄、宜城九酝、齐地鲁酒，还有长安城的新丰酒、郎官清、阿婆清等。有机会，我带你去乐人居尝尝，店小二一口气能说几十种酒来。"

"真好！"晏瑶贝虽不善饮酒，倒也想瞧个热闹。

云离安继续说道："长安城不仅有美酒，风景也是极美的，有灞桥风雪、折柳送别，每年杏花盛开的时候，曲江池会变成花的海洋，探花郎会骑马游遍曲江池，整个长安城的姑娘都会去寻好姻缘！"

"那要看上天给多少缘分！"晏瑶贝借用了某人的话。

"呵呵……"云离安发出明朗的笑声,晏瑶贝也跟着笑了。她想通了一个道理,她守护的不是一个人,一座宫殿,而是一座最美的城,最强大的大唐!

"你知道大将军吗?"晏瑶贝话锋一转,转向案子。

云离安缓缓放下帷幕,静心地说道:"安兴坊住的都是皇家外戚,大将军祖上为太原郡祁县王氏,与高宗朝王皇后同族,大将军夫人是清河崔氏,为一品诰命夫人,这两人的名号都是承袭了祖上的荣耀,长安城这等身份的人不计其数,如今不过是虚名罢了。但是这位王大将军曾经出兵蔡州,大获全胜,坐拥十五万府兵,这就不一样了。"

难怪陛下如此重视,晏瑶贝微微点头:"既然大将军身份如此尊贵,为何不将此案交给大理寺处理呢?"

"这就是咱们这位大将军的聪明之处,他是故意将消息透露给陛下,让陛下派人彻查的。"云离安卖了个关子。

"为何?"晏瑶贝追问。

云离安喜极了晏瑶贝这会儿乖巧的模样,他解释道:"如今的大理寺卿为卢尹,这卢家的祖上卢萧曾经官拜大理寺少卿,是长安城最年轻有为的世家公子,在你的太祖父晏长倾没出现之前,他才是长安神探。当时他和将军府的嫡女有婚约,那将军府的嫡女也是长安城有名的才女,这两人本是天造地设、门楣相当的一对。没想到卢萧竟然公然退婚,让将军府在长安城的世家大姓面前尽失颜面。王家曾经放言,永不与卢家结亲,这卢家和将军府的梁子就此结下了。而卢家世代在大理寺为官,大将军怎会将此案交予大理寺去办?"

"还有这样的隐事。"晏瑶贝喃喃自语。

"这样的事，在长安城还有许多。"云离安嘴角含笑，"你若想听，等闲下来，我们可以一边品茶，一边讲给你听！"

"长安通！"晏瑶贝笑着夸奖，无意间捕捉到云离安眼底的那抹狡诈，从他和哥哥晏恩贝通往的信函来看，他在长安有强大的消息网，大到高高在上的皇族世家，小到寻常百姓，云家的势力也能掀翻长安城的一角晴天，好像叫云帮门！

这样刚好，她和他是伙伴！

晏瑶贝沉默时，云离安递给她一个松软的圆枕，枕上绣着墨色的兰竹。

"这里离永安坊还很远，小憩一会儿吧。"

"嗯！"这一路的折腾，晏瑶贝真的很困，靠在圆枕上一会儿就睡着了。

马车的速度又慢了下来。云离安盯着那张恬静清秀的小脸，也缓缓闭上双眸……

这是一条极远的路，晏瑶贝坐在柔软的马车上，睡得很沉，她的头顶坠着双绞彩绳的荷包，里面装着云离安亲手调配的安神香料，那清新沁人的香气仿佛湖面的微澜缓缓渗透、晕开、弥漫，笼罩在她的发鬓、她的襦裙，融入她的气息。

云离安的心情很好，不忍叫醒她，不舍失去这份难得的片刻安宁。晏瑶贝是迷迷糊糊自己醒的，她做了一个很长、很长的梦。在梦里，他带她去曲江池赏花，那是一片花海环绕的湖面，波光粼粼的湖面上飞过一群撒欢儿的野雁，野雁飞过，湖面卷起一个个重叠的漩涡，每个漩涡里都有一张哀怨的美人脸！

其中一张，竟然是她自己的。

是的，她是惊醒的。

"睡得可好？"云离安递过镶嵌着孔雀石的牛皮水囊，晏瑶贝拧开软木塞子，痛快地喝下一口。

"嗯，好！"晏瑶贝抚着额头，为何梦里的情景这般真切？她陷入了漩涡里？

突然，马车外传来一阵嘈杂，他们听到一个无比熟悉的声音。

"你可知道我是谁？"钟夭夭趾高气扬的语调。

"你就是天王老子，也不能带走我娘亲！这是我孟家的家事！"一记愤慨的回语。

晏瑶贝和云离安匆忙下了马车，被眼前的景象惊呆了。

这是一支送葬的队伍，满眼都是神态各异的彩纸人、素白的灵幡和漫天飞舞的黄纸钱，彩纸人还贴着鸡血涂抹的灵符，一位身材粗壮的男子举着插着孟府字样的竹扫把正在和钟夭夭理论。

钟夭夭依旧穿着那套量身定做的不良人的官袍，腰间挂着明晃晃的不良人腰牌，她的声音很大。

"哼！我是在办案！"钟夭夭强硬地坚持，"我必须带走孟婆婆的尸体。"

"欺人太甚！"孟家男子红了眼睛。

钟夭夭不依不饶："你若阻挡本官办案，一同带走！"

"你！"孟家男子挥起拳头。

"慢！"晏瑶贝大声喝止。孟家男子的拳头停在空中。

钟夭夭好似见到了亲人，热情地走过来："嫂嫂——"

云离安慢悠悠地说了一句："这位是长安县丞！"

钟夭夭哪里听出他的弦外之音，更加开心地重复了一句："县丞嫂嫂！"

云离安郁闷地叹了口气，晏瑶贝懒得理会钟夭夭的胡闹："你我年龄相仿，还是直呼名字吧，钟夭夭！"

"嗯！"钟夭夭低着头，掰着手指乱算了两遍，"好，晏瑶贝。"云离安的眸光亮了起来。

"到底怎么回事？"晏瑶贝看了一眼送葬队伍里面带恐慌的人群，云离安走了过去。

钟夭夭微笑："死者是永安坊的孟家婆婆，今日出殡，抬棺人觉得棺重，和孟家人要四文钱，孟家人不给，抬棺人懊恼，直接落棺。"

"落棺？"晏瑶贝震惊，大唐遵从仁孝，重孝道，死者为大，这送葬之路要一路平坦，连回头路都不能走，怎能轻易落棺？

"是啊！这一落棺，孟家的那个獠子哪能同意？"钟夭夭瞄向对她挥拳的那个男子，"双方起了口角，还动了手，不慎将棺材推开了，发现棺内竟然装了两具尸体，其中一具是归西的孟家婆婆；另外一具的脸被抓坏了，根据穿衣打扮和随身的印鉴，是安兴坊将军府的诰命夫人，将军府来人，将夫人的尸体领走了。"

"那你想做什么？"晏瑶贝问。

"我是想领走孟婆婆的尸体啊。"钟夭夭着急，"这两具尸体装在同一具棺材里，凭我现在掌握的证据来看，嗯，孟婆婆和大将军夫人是重要的线索，一定能抓到无脸案的真凶。"

"那恐怕你要失望了！"云离安朝晏瑶贝示意地摇头。

晏瑶贝心里有了定数，她立刻朝马车方向走，钟夭夭激动地拦住她："晏瑶贝，你不是长安县丞吗？怎么和那个养马的一样鲁莽？不查案了？"

晏瑶贝应道："云离安已经查验过孟婆婆的尸体，她老人家是终老归西，并无异样，而且，你也不用脑子想一想。"

"想什么？"钟夭夭摆弄起了手指头，"到底想什么呢？"

晏瑶贝哭笑不得："凶手将大将军夫人的尸体藏在孟婆婆的棺材里，就是想神不知鬼不觉地将此事化了，若今日没有落棺这档子事，孟婆婆终老归西，入土为安，谁能刨墓掘坟？将军夫人失踪一事必成疑案。可是天意如此，将军夫人泉下有知，将此案拨开一角，给你我机会。嗯，现在懂了吗？"

钟夭夭翻过黑黝黝的眼睛："嗯，好像懂了。嫂嫂——"

"嗯——"晏瑶贝脸色一沉。

"不，晏县丞！"钟夭夭微笑，"我已经查这个案子很久了，掌握了重要线索，把此案交给我办吧！"

"呃！"晏瑶贝差点没站稳，钟家人真是惹不起！

"既然钟姑娘掌握重要线索，不如一同前往安兴坊吧！"云离安说道。

"好啊，我对安兴坊很熟悉！"钟夭夭主动坐上马车。晏瑶贝诧异地看了云离安一眼，云离安玉面含笑："有了她，才能少去麻烦！"

长安城很大，稠密的天空宛如一方古砚，勾勒出淡淡的天。无缘的人失散难见，有缘的人总会重逢！

这要看上天给了多少缘分！

百年前曾经有三人同坐马车穿行长安城追寻除恶，今日，又有三人同行马车穿过朱雀大街。

这是一段极远的路程，马车走了很久才抵达安兴坊的将军府。将军府挨着谢府，如今将军府的门楣光鲜如当年，谢府却和门前堆满淤泥的沟渠一般败落了。

钟夭夭捂住鼻子，嫌弃地抱怨了几句武侯不作为的话。

"钟府的侯府也在这里吧！"云离安随口说道。

"在入苑坊！"钟夭夭得意扬扬，"入苑坊都是真侯爵，这里都是外姓人！"

"哦！"云离安低语。入苑坊又称王爷坊，那里与大明宫一墙之隔，住的都是亲王郡王，钟家的荣耀到底是不同的。

云离安率先走下马车，他伸出手臂接下晏瑶贝，钟夭夭独自跳了下来。

大将军府的门前有颗老榆树，树干粗壮，枝繁叶茂，见证着整条街坊的沧桑。进入大将军府不必经过坊门，乌头门开在十字街的坊墙上。

坊墙前停着一辆马车，赶车的车夫穿着苎麻丧服，正在往马车上挂白绫。他的背很厚，浑身浸透着浓郁的悲伤，每挂一条白绫，右肩习惯地抖一下，像极了打铁的铁匠。晏瑶贝想凑过去盘问一些关于将军府的线索，却不忍打扰这份沉寂。

不一会儿，车夫驾着马车离去，街坊上空传来沉闷的马鞭声响。

"正门在那边！"云离安打破沉寂，指向墙头飘扬的幡旗。晏瑶贝缓缓回神。

三人来到大将军的正门，正门外的戟架上立着整齐的长戟，戟上绑着飞扬的幡旗。

大将军不在府上，正对晏瑶贝的心思，省去不少官场上的礼节和寒暄。但是将军府的家丁可不是吃素的，横竖不让三人进，比玄武门前的金吾卫还势利呢。

　　晏瑶贝碰了一鼻子灰，云离安示意看向钟夭夭。晏瑶贝这才想起他上车前的那句话，原来公子也怕难缠的小鬼儿。

　　"钟夭夭，轮到你显身手了。"晏瑶贝笑着说道。

　　钟夭夭大摇大摆地走过去，习惯地举起不良人的腰牌："办案！"

　　"钟小姐！"那家丁献媚地弓着腰，"钟护军可好？"

　　"哥哥当然忙了，前日还和大将军商议神都的调兵一事呢，如今将军夫人出了这样的事，我自然也是要出力的。"钟夭夭巧言道。

　　"那是，那是。"家丁在前引路，"钟小姐请，两位请——"云离安挑起宽大的袍摆走在前面。

　　钟夭夭朝晏瑶贝顽皮地眨眼，晏瑶贝拍过她的柳肩，夸奖道："很好！"钟夭夭高兴地合不拢嘴。

　　或许是之前的霉运太多，上天开了眼，三人来的时候刚好，尼姑庵请来的老尼正在为死去的将军夫人净身。

　　晏瑶贝和钟夭夭以吊唁为由跟了进去，云离安递过一根银针。

　　一盏茶后，晏瑶贝、云离安、钟夭夭走进将军夫人的卧房。这是一间华美艳丽的卧房，榻上挂着琉璃珠帘，每颗琉璃圆润光滑，宛如婴儿的肌肤般细腻闪亮。

　　云离安听着晏瑶贝的描述，盯着那根泛红的银针，坦言道："这是花坊女子常用的洛阳红，不同于迷药，可助推享乐，但服多必死。"

"这么说将军夫人在临死前也服用了洛阳红？"晏瑶贝侧目。

云离安点头："服用洛阳红，笑面如牡丹，只顾享乐，减少痛苦。将军夫人是在服用洛阳红之后，被人划脸，她死于洛阳红。"

"没错！"钟夭夭抢话道，"凶手这次的刀工很好，之前遇害的那些教坊女子的伤口轮廓模糊，有钝挫，反复下刀的痕迹，而这次轮廓清晰，想来凶手杀人多了，熟练了。对了，还有……"

钟夭夭压低语调："这可是我的独家线索，我发现无脸案的死者身上都会有一处特殊的叉形。方才，我偷偷问过为将军夫人净身的姑子，她说将军夫人身上没有任何印记。所以，将军夫人是无脸案的关键，我们距离真相很近了。"

"叉形的印记！"晏瑶贝缓缓站在牡丹花纹的窗棂前，努力拼凑着零碎的片段，试图在杂乱无序的线索里找出真相。

这时，窗外忽然传来嘤嘤的哭声，一位大嫂打扮的女子在花丛间痛哭不止。

晏瑶贝好奇地走了出去，钟夭夭、云离安跟在后面。

那女子见到三人停止了哭声，不停地擦着眼泪。

"你是……"晏瑶贝皱眉问道。

"我是兰娘，是夫人房里的。"兰娘带着哭腔。

钟夭夭来了劲头："将军夫人遇害当日就是带着你？"

"我和车夫郭贵！"兰娘点头。

晏瑶贝凝神："昨日，你什么时候离开夫人的？当时你和郭贵，又去了哪里？"

兰娘低着头，鬓前垂下两缕碎发，挡住了她亮白的脸颊。她的声音很低，断断续续地像唱戏的伶人。

原来，大将军在两年前醉心炼丹，对夫人极为寡淡，夫人迷上了去梨园听戏。每隔两三日，夫人都会去西市的良人居听戏。昨日，夫人带着兰娘和郭贵出门，马车走到祥云祥糕团铺的门口，夫人说天气闷，想出去自己走走，她让兰娘去买水晶龙凤糕，并约定好在良人居见。

兰娘的哭声渐大："昨日祥云祥的人特别多，我排了好久才买到水晶龙凤糕。我捧着水晶龙凤糕还没走到良人居，郭贵就来找我，说良人居的伙计说根本没看见夫人。我们以为夫人去逛西市的首饰铺或是去酒肆听书了，就在良人居前等着。可是等到休市鼓，也没见到夫人，我和郭贵便回将军府了，可是夫人竟然没有回府。"

"去找萧锦林吗？"晏瑶贝问。

兰娘摇头："昨夜大将军没有回府，我不敢声张，可是今早找了大半天，还是没有夫人的任何消息，我急了，只能如实禀告大将军。大将军说，夫人找到了。"

晏瑶贝心头一惊："大将军早就知道了夫人的死讯？"

"是啊，大理寺的官差拿着夫人的腰牌禀告了大将军！"兰娘抹着眼泪，脸上留下两行亮白的粉印。

晏瑶贝用心地看了一眼，这是女子最爱涂抹的胭脂水粉——粉英，粉英洁白细腻，遮面极好，无论是皇族贵妇还是坊间百姓都有一套制作粉英的秘诀。制作粉英是功夫活儿，最好取大米，粟米其次，米中不要掺杂任何杂物，然后捣碎，拣去碎杂，再捣，再去碎杂，再将碎米粉淘洗干净，直至淘出清澈的水为止。

然后用瓮泡米，时间和温度很重要，春秋季浸泡一个月，夏季二十天，冬天则要泡上六十天，据说多泡些日子效果才好，时间如果短了，粉英就不滑腻了。

待日子够了，换清水，淘去大米发酵出的酸味，多淘几遍，直到没有味道。接着就是研磨了，把里面白色的米汁渗出来，用最细的绢纱过滤，再研磨，再过滤，直到最细腻为止，取出沉淀的浓米汁放在盆中来回搅拌，再静置。

过段时间，米汁澄清，用竹勺取出清水，再用三层绢布贴在凝固的粉上，绢布上要铺着米糠，糠上撒吸水的草木灰。

草木灰若湿了，再换新的，直到干燥，这时候粉英也制成了。四周粗糙干白、没有光泽的是粗粉。中间形如钵盂，像去壳的鸭蛋般细腻润泽的就是真正的粉英。粉英涂在脸上滑滑嫩嫩，如果加过花汁儿的，还透着清香。

晏瑶贝也曾亲手做过，可惜不是太白，就是太粗，总是差了那么一层意思。哥哥曾经答应她，等忙过手头儿的案子，就亲自给她做粉英。可惜……

晏瑶贝拂过掌心的细纹，柔美的脸颊映出几分坚定，她抬起头，发现云离安正看着自己。

"郭贵出门了？"云离安莫名地问了一句。

兰娘愣住了，随后点了点头："是啊，郭贵套着马车，去西市的阴阳街买纸活儿了。"

云离安未语，晏瑶贝想起了正门前遇到的车夫，想必那人就是兰娘口中的郭贵了。

111

"郭贵从前做过铁匠？"晏瑶贝想起那个特别的挂白绫的动作。

兰娘点头："听说郭家祖上做过铁匠，后来，长安城到处抓铁匠充军，郭贵卖了铁匠铺子，进将军府做了车夫。唉，兵荒马乱的岁月，百姓讨日子真的很难啊，难啊！"兰娘又抹起了眼泪。

晏瑶贝不再说话，钟夭夭还想问几句，被她拦下了，何必为难老实人，再撕裂一次没愈合的伤口呢。

三人离开将军府，钟夭夭为了显示自己尊贵的身份，提出带晏瑶贝和云离安去入苑坊的侯府。

晏瑶贝拒绝了，她必须在最短的时间内抓到凶手，因为她还有更重要的事情去做，她和他都喝了尼雅马利，只有十天的命！

钟夭夭啰里啰唆地劝慰了半天，云离安让车夫夏末将车停在入苑坊的巷口。钟夭夭下了车，还不忘追问去晏瑶贝的住处。

晏瑶贝这才意识到自己在长安城竟然无处可去，她只是临时的长安县丞，无实权，又与长安县令萧锦林疏远、对立，她能去哪里呢？

她无助地抚摸着陪伴自己长大的铜镜和小贝片，小贝片涩涩地贴着她的掌纹，不如小时候那般润滑。

她读过很多古籍，懂很多道理，她固执地以为失去了，迷路了，只要原路返回便会找到。

但是她错了，这不过是她的偏见。江过浪尽，千帆已过，一切都改变了，再也回不到从前。

只有坚持走下去！

晏瑶贝的心底爬满锐刺的藤蔓，勾着她的心，每呼吸一次，都会咳出镇裂的痛，真的很痛！

偌大的长安城，她能去哪里呢？

云离安深情地看着她，慰藉着她焦灼不安的心，他微微摇动铜铃，稳健地说出三个字："辅兴坊！"

夏末在空中甩了三记响亮的空鞭，马儿撒欢儿地在湿漉漉的街道上跑了起来，沉重的车轴发出闷闷的声响。晏瑶贝掀开帷幕向车外望去，远处是辅兴坊的坊门，高大的石壁上捆绑着祈福的彩绸。"辅兴坊"三个字古朴劲挺，透出名家的风骨。晏瑶贝的心底升出了一种温暖的归属感。

祖宗庇护，让她在长安城有个落脚的家。

"回府！"她欣慰地说出两字。

晏府正堂的角落里燃烧着通红的炭火，香炉里泛起袅袅清香。晏瑶贝洗漱干净，换过一套素色的襦裙坐在柔软的茵褥上，云离安从紫檀屏风后面走出来，他换了一件宽松的月白色长袍，坐在晏瑶贝的对面，他捡起几案上的卷宗，淡淡地问了一句："开始吗？"

晏瑶贝默默取下铜镜和小贝片，云离安真是心思缜密，他不但替她守着晏府，命厨娘做了可口的鱼脍，烧了洗漱的热汤，纱居内连换洗的衣裙，女儿家的胭脂水粉、簪子首饰一并备好。

一想到贴身穿的衣裙都是他选的，晏瑶贝有些脸红。她故意看向夏末从长安县衙取来的无脸案的卷宗，点头道："好！"

晏瑶贝在铜镜中央落下一颗小贝片，云离安缓缓念起卷

113

宗。

　　三月前，东市的风月之地——平康坊出现一具女尸，经查是一个卖笑的独居胡女。这年月，谁会在意孤伶的弱小女子呢？县衙的不良人都没来看，此事就不了了之了。

　　可是，三月里又接连死去两名教坊女子，身上没有任何伤痕，却被划脸。这次，不良人是一边吃花酒一边来看的，也是草草了事。

　　直到平康坊的小花魁——凌玖月遇害，此案才被长安县衙重视。凌玖月虽然过气，但是以舞剑的功夫在长安城依旧颇有名气。

　　传闻她在梦里深得紫璇姑娘的真传，身披红绸舞剑，人剑合一，打起令点来铿锵有力，飒爽英姿。

　　她遇害那晚，去了谁家不得而知，尸体藏在东市的魏家花窖里。这一查不要紧，除了凌玖月的尸体，魏家花窖里还有五具女尸，都出自同一个教坊。她们都穿着破阵乐的舞裙，皆身披红绸。案情变得复杂，更成了长安城街头的茶余饭后的闲话。萧锦林担心颜面过不去，便将数案合并，合成卷宗。

　　云离安凝神说道："根据仵作的验尸结果，凌玖月和其他五名破阵乐的教坊女子都服用过洛阳红，致命伤是失血过多。孟家花窖就是杀人地点，六人皆被划花了脸，并非是街坊流言中的无脸。但是我推测她们的死因不是失血过多，而是服用过多的洛阳红。而且，孟家花窖没有发现凶器，仵作也不知道凶手用什么利器割划了死者的脸。"

　　晏瑶贝夹起一颗小贝片，沉思道："剑舞讲究人剑合一，除了那红绸，手中的剑也很重要，她们的剑呢？"

云离安合上卷宗："看来我们要去平康坊走一趟了！"

晏瑶贝稳稳地盯着堂外的那棵高大的紫薇，紫薇喜暖，散落的枝条宛若那把随时落下的无环刀在风中肆意摇动。她站在云离安的身边，认真地说道："长安城的风好大啊！"

如今的长安城动荡不断，老天爷也跟着凑热闹，无脸案传得神乎其神。从太极宫的太子到兴化坊的世家公子，再到平头百姓，都能讲出一段故事来。

萧锦林迟迟抓不到凶手，流言更是越传越邪乎。人力无能，只能靠天，老百姓数着手指头过日子，在经历了数个说书人的说辞之后，都在焦急地等待真相。

晏瑶贝和云离安乘坐马车，一路顺畅地来到灯火通明的平康坊，那个纸醉金迷之地。

一串串红绸灯笼在风中摇曳，除了沙沙的声音还有男女的嬉笑声。晏瑶贝正想询问关于凌玖月的事，云离安找到一个故人。

"云公子！"一位头发花白的老姬恭敬地朝云离安行礼。云离安温和地还礼道："白婆婆！"

白婆婆看着晏瑶贝："这位姑娘是……"

"晏姑娘！"云离安引荐，"晏长倾和沈知意的后人！"

"哦？！"白婆婆卷起堆积的抬头纹，眼底含泪，"没想到我有生之年能见到晏家后人，死而无憾了！"

"白婆婆！"晏瑶贝不解。

云离安笑了："白婆婆的父母受过长安神探的照拂，与我云家也颇有因缘。白婆婆是平康坊的老街坊，这里的花坊有半数都是白家的。"

"啊？！"晏瑶贝望着银河般的长巷，那点点烛光宛如漫天的繁星照亮了所有女子的脸。

每张脸都不同，却都带着相同的笑意，好像是一张张假脸，难道是这璀璨的花坊淹没了她们原来那张真脸？

白婆婆开了口："你们是来找凌玖月的住所吧。"

云离安侧目："白婆婆怎么知道？"

白婆婆微笑："有人也来问了！"

晏瑶贝和云离安会意地对视：钟夭夭！

晏瑶贝和云离安来到凌玖月的住处，钟夭夭正坐在凌玖月的卧房过着审案的瘾呢！

"说，你叫什么？来这里偷什么？"

一位头上簪着牡丹花的姑娘哭哭啼啼地拽着帕子："我叫芍药，我没偷，没有……"

钟夭夭看到晏瑶贝和云离安仿若看到了亲人："你们来得正好，我抓到了凶手！"

"我不是凶手！"芍药哭得更厉害了。

晏瑶贝瞄了一眼，静心问道："这是怎么回事？"

钟夭夭解释："我来的时候，她在卧房里鬼鬼祟祟，一定是在毁灭证据，被我抓个正着。"

"没有！"芍药委屈地大哭。

晏瑶贝拍过她的肩膀，安抚道："那你来这里做什么？你和凌玖月很熟悉吗？"

芍药抽泣："凌玖月会剑舞，生性高傲，跟谁都不熟。我来是想，想……"她的语调变得缓慢，"我没有拿首饰，只是想看看凌玖月跳剑舞时那把没开刃的钝剑。那是一把特殊打造的钝剑，世上仅此一把，剑轻易拿，剑身上的花纹儿配着红绸舞起来，那叫一个行云流水，好看得很。"

"钝剑在哪里？"晏瑶贝仔细地扫过卧房。

芍药落寞地摇头："我也没找到，或许被其他人捷足先登了。唉，我做什么都慢，连偷个东西都慢了！"

"还说不是偷的！"钟夭夭抓住机会。

"啊！"芍药紧张地捂住嘴。

晏瑶贝走向被芍药翻乱的柜子，云离安却稳稳地坐在书案前无声地研墨。

钟夭夭不解："你们，你们要做什么？"

"找剑！"晏瑶贝和云离安异口同声地说道。

"呃！"钟夭夭嘟起小嘴，"我也找剑！"

云离安阻止："不必找了，钝剑不在了。芍药，你可记得那把钝剑的样子？"

芍药点头："记得！"

"好，你说，我画！"云离安提笔蘸墨，饱满的笔锋落在宣纸上，晕开一条华美的线条……

许久，云离安放下紫毫。

芍药瞪圆了眼睛："对，对，就是这样。"

晏瑶贝和钟夭夭凑过来，这是一把灵动的剑，剑身线条长而美，上面的花纹密而卷，尖端微微翘起，仿若银钩。

晏瑶贝似乎看到一个身形柔韧的女子，她身缠红绸，手执银剑在跳世间最美的舞蹈。她时而踮起脚尖儿，时而俯身飞燕，缠绕在双肩的红绸像天边的云朵托起她轻盈的身姿。那把剑更像定海神针一般立在天地间，搅动着看客的心弦。

"果然是好剑！"晏瑶贝伸出小手，想拿走图样，芍药却捷足先登了。

"公子，这图样能给我吗？"芍药朝云离安抛了个媚眼。

"不行！"晏瑶贝替云离安回答，"我们要根据这张图样寻剑。"

"公子！"芍药的语调软绵绵的。

"这个……"云离安看了一眼晏瑶贝，眸色深了几分，"把图样给芍药姑娘吧。"

"你……"晏瑶贝惊讶。

芍药拿着图样往外跑："谢谢公子，我不打扰三位查案了。"

"等等。"云离安重语，"我且问你，凌玖月平时如何？"

芍药停下脚步，看了看手中的图样："嗯，她啊，脾气很大，人缘很差，仗着自己的名号欺负人。其实啊，她早晚会死，她那么自私的人，除了自己，谁也不管不问，得罪的人太多了。从平康坊能排到曲江池的杏园，你们十年也找不完。"

"那她的客人呢？"云离安又问。

芍药笑了："哪有客人啊？她早就老了，除了教授教坊那些小女娃舞剑，那些所谓的客人都是她自己花钱找来的。哈哈，这花坊的女人就是不肯服老，自己骗自己罢了，凌玖月骗得最厉害！"

"哦！"云离安沉默地看向晏瑶贝，晏瑶贝不再纠结图样，而是认真地问了一句："凌玖月在哪家教坊教授剑舞？"

教坊，起于皇家，掌教习音乐，原属太常寺，后归云韶府，岁时宴享太常雅乐。

如今大唐的威仪不再，教坊早就流落坊间，平康坊有大大小小数十个教坊班子，都打着皇家雅乐的旗号。

世间事总是这般胶着，"旧时王谢堂前燕，飞入寻常百姓家"才是常态。皇家公主嫁给西市的货郎更是旷古之爱。

若想玩乐享受，欣赏昔日皇家的雅乐，谁不想满足自己内心的私欲呢？

教坊班子就这样在平康坊以大唐荣耀的形式占据了一席之地。

晏瑶贝、云离安、钟夭夭在白婆婆的引领下来到长安乐的门前，这就是卷宗里提及的那五名死者生前所在的教坊，也是凌玖月暗中教习的地方。

教坊的姑姑——叶娘是个半老徐娘的丰腴女子，举手投足间带着贵姿。她穿着勾勒牡丹花边的襦裙，茂密的鬓间斜插着一只金甲虫的簪子，那只金甲虫长着两只鼓溜溜的眼睛，长长的触角高出了云鬓。

"长安乐和其他教坊不同，我们是云韶府最后一支教坊，皇家举办祭祀典礼，我们还是要回去参加宫宴的。"叶娘的脸上映出骄傲，头顶的金甲虫触角似乎更高了些。

"那死去的五人呢？"晏瑶贝耐心地问道。

叶娘悲伤道："她们五人从小跟着我，我是精心教习的，《破阵乐》也是我们教坊的拿手活，没想到……"叶娘流下两行热泪，咬牙切齿道，"我已经拜托了萧大人，一定要抓到凶手为她五人报仇，若让我知道谁是凶手，我也会报仇雪恨！"

"哦！"晏瑶贝微微点头，哥哥曾经说过，人的眼睛最能骗人，也最真实，她在叶娘的眼底看到了一抹沉痛的情谊，奇怪的是这情谊很快融化、消逝了。

云离安开口问道："听说凌玖月在教坊教授剑舞？"

叶娘点头："是啊，这人啊，尤其年纪大了，最喜欢怀旧，尤其喜爱盛唐之物。客人们最喜欢看剑舞，都是一群留恋大唐，活在大唐荣耀里的人。凌玖月的剑舞还不错，同时在三四家教坊教授。"

"她也在长安乐教授？"云离安又问。

"是啊！"叶娘点头，"她呀，好脸面，不让说。"

"那这《破阵乐》在平康坊独拔头筹，是凌玖月的功劳？"云离安眸光一顿。

叶娘顿住了，苍白的脸上写满了尴尬。晏瑶贝困惑地看着云离安，她以为他比自己小，生于富贵地，浑身女儿香，性子软弱，从未见过他如此执着、冷静，难道这才是原本的他？

晏瑶贝拂过胸口，想到这裙、这胭脂都是他准备的，柔软的内心泛起了一道道凌乱的波澜。

云离安微微勾起唇角，继续说道："《破阵乐》即《秦王破阵舞》，又名《七德舞》，最初乃我大唐的军歌，后太宗皇帝打败了叛军刘武周，将士们将旧曲填新词：受律辞元首，相将讨叛臣。咸歌《破阵乐》，共赏太平人。后太宗登基后，亲自把这首乐曲编成舞蹈，在原有的曲调中揉进了龟兹的音调，婉转动听，高昂有力，气势雄浑，感天动地，展现出我大唐鼎盛时期的气势。这等的歌舞在教坊以剑舞的形式展现气势弱了下来，却多了女儿家的柔美。其实，这《破阵乐》是曲胜过舞，各家教坊的曲一致，又何来长安乐拔得头筹？想必是剑舞之人有过人之处才对！"

云离安看向晏瑶贝，晏瑶贝眼前一亮，她怎么没有想到呢？他除了会画，会诊脉，还会曲乐？

晏瑶贝压低声调："我等只问案，不问事，叶娘尽管放心说，不会传出一个字。"

叶娘叹了口气："唉，看来你们都是明眼人啊，也罢。的确《破阵乐》的曲调相同，剑舞的姿势动作都差不多，唯一的区别是妆容。站在台上舞剑，有红绸和红烛相互应着，妆容不好看，反烛光，显得脸色暗淡。后来，我托人买来了胭脂，用在台上效果最好，自然是拔得头筹。"

"这是凌玖月告知你的秘密？"晏瑶贝又问。

叶娘点头："凌玖月年纪大了，不服老，一心翻红，她不知从何处得来的消息，与我交换。作为回报，我答应助她登台。"

"原来如此！"许久未语的钟夭夭随意地摆弄着腰间的小荷包，"是哪家胭脂铺啊？"

"柳腰胭脂铺！"叶娘眉头一挑。

"啊！"云离安的脸色顿时黯淡了下去。

三人走出平康坊，天空下起绵绵细雨，雨中的长安城格外的静谧苍凉，街上的人不多，三三两两地忙着回家。

晏瑶贝提出去柳腰胭脂铺，云离安皱着眉盯着远处布幌子上的茶字，缓慢地说道："我口渴了，去喝茶汤吧！"

"好啊，我做东！"钟夭夭拍着腰间的小荷包。

晏瑶贝无奈地点头，坐上了夏末赶来的马车。

茶肆很小，只有一位煮茶的妇人，因为是雨天，茶肆里一位客人都没有。妇人也是一副慵懒惬怠的模样，给三人上了一壶滚烫的热茶之后，便坐在茶炉前打起了瞌睡。

三人开始自斟自饮，清淡的茶水少了名茶的甘洌，在蒙蒙细雨中增添了几分诗情画意，或许这就是文人骚客口中的茶境。

茶境起于心境，心静的境界总是逍遥自在，又格外地剔透。

晏瑶贝轻轻晃动小茶杯："这柳腰胭脂铺的名字好特别！"

钟夭夭讥诮地扬起嘴角："听说是长安城最好的胭脂铺，胭脂铺的老板长了一副柳腰，所以叫柳腰。"

"呃！"晏瑶贝险些将口中的茶喷出去，这真是个奇怪、带颜色、又美丽的名字，"你听过这家胭脂铺吗？"她看向云离安。

云离安放下小茶杯，皱起眉头，低沉地说道："柳腰胭脂铺之所以在长安城出名，是因为柳腰得到了一本胭脂孤本，里面记载了数百种胭脂的独家制作方式，每款胭脂都与众不同。其实，叶娘所说的胭脂不反光，并不难。"

"如何做到的？"钟夭夭好奇地问。

云离安微笑："只要把鹅蛋粉和鸭蛋粉放在冰糖里调开，再做成粉彩，光泽柔和，自然不会反光了。"

"啊，这么简单啊！"钟夭夭嘟囔着小嘴。

"隔行如隔山，若先习医，再学制作胭脂，就豁然开朗了。"云离安又端起小茶杯。

晏瑶贝一直没有说话，在思考案情。从目前掌握的线索来看，凌玖月就是案情的关键，她既然没有客人，是从哪里请来的客人呢？

远处的雨帘零零落落，宛如迷离的案情，晏瑶贝沉思道：

"芍药说凌玖月为人刻薄，没有朋友，仇家很多，她是如何得知这胭脂的秘密？看来，我们要去会一会柳腰了。"

云离安沉闷地拂过掌心的纹络，无奈地站了起来。

一场秋雨一场凉，雨后的天空湛蓝无暇，明亮的光又一次照亮了古老的长安城。三人这次没有坐马车，而是选择步行。

柳腰胭脂铺在东市，雨后刮起东风，所以从平康坊和宣阳坊中间的小巷走出来，就能闻到一股浓烈的胭脂味。

晏瑶贝轻轻嗅着，清秀的脸上沉浸着淡淡的英气。往年这个时候，她和哥哥会去田间帮乡亲收新麦，哥哥会用新麦磨粉，为她做一碗汤面，汤面里还藏着两个鸽子蛋。那味道就藏在她的记忆里，永远也不会忘记。

哥哥，你可好？晏瑶贝目光坚定地盯着前方的路。云离安未语，沉默地站在她的身边，与她并肩前行。

这时，钟夭夭手舞足蹈地说话了："晏瑶贝，你知道吗？我哥哥昨晚把家里的侍妾都放出府了。"

"出府？"晏瑶贝不解，"你不是说府上没有侍妾吗？"

"呃！"钟夭夭瘪了嘴，摆手道，"是啊，也算不上侍妾，都是一些肤浅的，爱慕哥哥的。嘿嘿，现在嫂嫂快进门了，哪里有她们的地方！"

晏瑶贝苦笑地翻了一个白眼，没有说话。

云离安脸色沉了下去。

钟夭夭却拿出一个小螺贝，螺贝上镶嵌着五颜六色的小宝石，其中一颗红宝石异常闪亮，她认真地说道："嫂嫂，这是当年晏家和钟家的婚约，你看，这就是信物。"

"这是……"晏瑶贝惊讶地盯着小螺贝。钟夭夭得意道，"其实，这婚约是双喜，我也是你的嫂嫂哦！"

　　"呃！"晏瑶贝惊愕地停下脚步，云离安的眸色淡了几分，嘴角含着一抹疏离的笑意。

　　钟夭夭把玩着小巧的螺贝，又顺口嘟囔着晏家和钟家的渊源，她刻意漏掉了云家，只说了一句："双晏！"

　　晏瑶贝懒得听她啰唆，一直在想无脸案的案情。其实，凶手并非如传言那般穷凶极恶，坊间的谣言不实。

　　凶手只是挑选花坊里会跳剑舞的女子下手，但是这和将军府的夫人有什么关系呢？

　　将军夫人也会跳剑舞？

　　晏瑶贝仔细回想着每一处细节，这看上去似乎是一桩极为简单的案子，却因为死者的身份变得扑朔迷离，更是生出不必要的谣言。

　　世上的事总是如此，明明是看着很近的路，真正走过去才发现那是一段极远的路途。

　　她是应该埋头前行，还是迎风而去呢？

　　突然，云离安目光一抖："兰娘！"

　　晏瑶贝和钟夭夭顺着方向看过去，兰娘正被一群市井间的地痞无赖围困，兰娘不停地后退，摔倒在地。

　　"欺人太甚！"钟夭夭跳跃地冲了出去。晏瑶贝和云离安也走了过去。

　　关键时刻，钟夭夭的令牌还是管用的，百姓再大，官吏再小，百姓也惹不起官吏，这是亘古不变的道理。

　　地痞流氓一哄而散，晏瑶贝扶起脸色惨白的兰娘。兰娘一边道谢，一边俯身捡起遗落在地上的做糕点的花形磨具。

晏瑶贝关切："你怎么会在这里？"

兰娘失落地说道："其实，我是将军府的厨娘，深得夫人喜欢，才跟着夫人的。可是，现在夫人过世了，将军府又新雇了厨娘，哪里还有我的位置。我托人介绍，在宣阳坊的崔府找了差事。哪里知道这平康坊如此杂乱，我刚走出崔府，就遇到这群人，说什么每月要交五文钱，才能平安出入街坊。"

钟夭夭急躁："这是天子脚下，真是没有王法了。"

"长安城世风日下，人人都是为了养家糊口而已。谁让我们都长一张嘴呢，张嘴就要吃饭，吃饭要讨生活！"兰娘感慨地摩挲着磨具上的花纹，沉浸着浓浓的悲伤，"生，就要活下去，再苦、再难也要活下去！"

这是最简单的话语，却道出乱世中百姓的艰辛和不易。

大唐的荣耀不再，长安城换了姓氏，那长安城百姓的日子如何好过？还有多少个兰娘呢？

晏瑶贝想到自己不足十日的命，安静地说道："都会好起来的。"

兰娘面无表情地点了点头，眼角润开了两行清泪，那晶莹剔透的泪珠下竟然看不到一丝细纹。

晏瑶贝仔细打量兰娘，今天，她的脸上敷了一层细腻的粉英。瞧着这粉英的质地，绝对不是粗粉。

以兰娘的身份，她会舍得重金购买如此锦上添花的粉英？晏瑶贝想到了遇害的将军夫人。

"兰娘，这粉英是将军夫人的？"晏瑶贝问。

兰娘点头："是啊，夫人待我极好。其实，夫人也是苦命

125

人！”

“哦？”晏瑶贝的心思动了一下。

兰娘缓缓讲道：“大将军醉心权势，对夫人不闻不问，夫人撑着将军府的门面，两人表面上恩爱如初，可是我入府三年，大将军从未在夫人的房里过夜。夫人的日子过得还不如百姓家的寻常妇人。”

“将军府有侍妾？”钟夭夭开了口。

兰娘摇头：“没有。”

钟夭夭疑惑：“既无侍妾，又冷落夫人，大将军这是为何呢？”

兰娘叹了口气，眼底泛红：“你们都年轻，不懂这夫妻的相处之道。有些夫妻不问不顾，不冷不热，却也不离不休，都是为了维持面子罢了！”她抬起头，“今日谢谢三位，我还要去西市的黄家铺子订做月饼的花模，赶在中秋节做月饼，告辞！”

“好！”晏瑶贝与之告别。兰娘顺着狭长的街道，消失在街坊的尽头。

“都是苦命的女子！”晏瑶贝感叹。

云离安却盯着坊墙的拐角，慢悠悠地说道：“出来吧！”

晏瑶贝和钟夭夭惊讶地看过去，只见一位身材粗壮的男子从拐角的暗影里走了出来。

晏瑶贝一眼就认出这是那天在将军府门前看到的车夫——郭贵。他怎么会在这里？

郭贵习惯地低着头：“多谢三位大人对兰娘的出手相助。”

晏瑶贝愣住，郭贵在暗中照顾兰娘？他们二人的关系？

她瞄了郭贵一眼，是啊，郭贵的年纪与兰娘相当，两人都是将军夫人的身边人，郭贵对兰娘暗生情愫也是情理之中。

孤独寂寞的人，谁不想互相取暖呢？

"你一直在保护兰娘，她知道吗？"晏瑶贝问。

郭贵苦闷地摇头："我是个粗人，兰娘是个妙人儿，我哪里配得上她！"

"哦！"晏瑶贝不语，自古的好姻缘都是郎情妾意，互生爱慕，可是三生石上刻着的那一双名字总是事不随心。

听着郭贵的语气，无非是落花有意，流水无情，没有什么对错，只是付出真心之人必会伤心至极。

晏瑶贝无心窥探人家的情感，她想尽快抓到真凶。

"将军夫人遇害那天，你遇到过什么奇怪的人，不同的事情吗？"

郭贵想了想，低沉地应道："夫人每次出门听戏都会扮作寻常人家的妇人去买胭脂，我和兰娘在良人居等她。夫人出事那天，夫人又去买胭脂，我一个人在良人居等，兰娘去祥云祥买水晶龙凤糕。我等了好久，没有见到夫人，就去找兰娘。她正拎着水晶龙凤糕来良人居的路上，后来，我们才知道夫人出事了。"

胭脂？晏瑶贝眼前一亮："是哪家胭脂铺？"

"柳腰胭脂铺。"郭贵老实地回答。

云离安的眸深了几分，问道："夫人爱吃水晶龙凤糕？"

郭贵摇头："夫人很少吃糕点，那天夫人说大将军爱吃水晶龙凤糕，便让兰娘去祥云祥买了。可是，那天祥云祥开门晚了半个时辰，门口挤了好多人。"

"哦！"云离安低着头，不再说话。

晏瑶贝深吸了口气，又畅快地吐出，案情的焦点在柳腰胭脂铺，她必须在夜禁前去一探究竟。

"柳腰胭脂铺！"

和煦的暖光染红了天边的云，街道两旁的树木焕然一新，空气里飘荡着醉人的香气。这是一条名为旺街的巷口，整条巷子都挂满了五颜六色的布幌子，放眼望去都是女儿家的物件儿，荡漾着旖旎的羞涩，柳腰两个字甚为醒目。

晏瑶贝的眼底也映出了闪亮的红影。

云离安微笑："十年河东，十年河西，谁能想到这里曾经是一条阴街呢？"

"阴街？"晏瑶贝惊讶。

云离安点头："元和年间，这里也叫旺街，整条街都是和百姓居家过日子相关的物件，伞、纸、油、锯样样俱全。后来，如意彩纸铺和立秋伞铺接连出现命案，两家铺子变成了纸活铺，这条旺街就变成了半条阴街。再后来，红手门在这里表演盛世的鱼龙蔓延，引起了大火，烧了整条街，这里就彻底变成阴街了。"

"那现在……"晏瑶贝指着花红柳绿的坊墙。

"这都是托了勋旺灯油铺的福！"云离安解释，"当年整条街都靠阎王爷赏饭，唯独勋旺灯油铺不出兑，那场大火过后，香烛坊、祭品铺、纸活铺、棺材店都关了门，只剩下勋旺灯油铺。这条街又变回了从前的旺街，有人曾经找师傅算过，之前都弄错了。这阴阳两隔，女子属阴，应为女儿街。后来，这些铺子就开起来了。"

钟夭夭也点头道："是啊，我记得小时候，这里有家红袖胭脂铺，那里的胭脂好香，娘亲最喜欢了。"

"这就是柳腰胭脂铺的前身！"云离安一语道破，"红袖胭脂铺经营不善，将胭脂铺转让，就是现在的柳腰胭脂铺。这里有白铅糯米的胭脂，也有美白的粉英，老板名为柳腰，并非杨柳细腰，而是弯眉！"

"画眉？"晏瑶贝迟疑地站在柳腰胭脂铺的门口，她真的看到画眉的场景，那双画眉的手白皙纤长，飞扬的指尖握着波斯国的螺子黛，轻轻一勾，便勾勒出一双白妆精黛眉。

"她就是柳腰！"晏瑶贝自言自语。

云离安的脸色很差，苦涩地说道："他才是柳腰！"

晏瑶贝木讷间，那手执螺子黛的人转了过来，竟是一个精致的男子。他穿着亮白色的袍子，胸前是一只晾翅的仙鹤，他的眉长而密，弯而翘，两抹黛色宛如弦月，又如柳腰，生出几分仙气儿。

"呦，三位真是贵客！"柳腰摇着白羽扇朝晏瑶贝走了过来，他紧盯着晏瑶贝的眉，"姑娘的眉头浓重，眉身弯翘，眉梢高挑，生得真好，我柳腰已经好久没见过如此好的眉了。"

晏瑶贝被柳腰夸的有些尴尬，她生硬地挤出几分笑意："老板客套，我来是想——"

"别动！"柳腰忽然俯身，扬起手中的白羽扇贴近晏瑶贝的脸，"姑娘——"

云离安径直拦下柳腰的手："老板自重！"

柳腰从云离安的眼底看出了不悦，他放下手臂，又若无其事地摇起白羽扇："本店不接待男客！"

"是吗？"云离安轻蔑地瞄了柳腰一眼，轻声说道，"生女犹得嫁比邻，生男埋没随百草。自武周朝的控鹤使之后，这纸醉金迷的鹤坊倒也成了长安城的一景。"

鹤坊？晏瑶贝直勾勾地盯着柳腰，这里明为胭脂铺，暗为鹤坊？

"哈哈……"柳腰放肆大笑，"公子是知趣人，何必这等没趣呢？我柳腰只求财，不求祸。"那张妖媚的脸透出坚硬的阴险。

"那就看你自己了！"云离安分毫不让，"凌玖月是这里的常客吧，将军夫人那天又见了谁？"

"这个嘛！"柳腰瞥了一眼晏瑶贝，重语道，"我只能带她一人去见。"

云离安还未说话，钟夭夭不服气地叉腰："凭什么，我也要去！"柳腰上下打量钟夭夭身上的不良人的官袍："就凭这个？"

钟夭夭瘪了嘴，理亏地找不出话头。

云离安的脸色很差，直接拒绝："不行！"

"行！"晏瑶贝却同意了，这是破解案情的关键，她当然知道能在长安城明目张胆地开办鹤坊的怎能毫无根基？柳腰不过是马前卒罢了，她要博个机会，一探究竟的。

不过，她刚作出决定，就感觉头顶有道炙热的目光正盯着自己。

云离安表现出从未有过的霸道："我不准你去！"

晏瑶贝的心里却暖暖的，她第一次在长安城感受到了情感。

"放心！"她朝云离安微微点头。

云离安的眼底映出那执着的小影，小影里泛出灼灼的光华，那是无比的坚定！

云离安缓缓落下阻拦的手臂，哽在喉间的话生生咽了下去。

他不能阻拦她，因为他信她！

"请——"柳腰优雅地抬起白羽扇，晏瑶贝走了进去。

在胭脂铺的后堂，晏瑶贝看到了一个奢侈华丽的温柔乡。

一盏盏晶莹剔透的水晶灯将宽敞的大堂照得光彩夺目、妩媚动人，一群身着白色鹤袍的男子软绵地依附在各自的女客周围，婉约畅快的笑声不绝于耳。

柳腰微笑地站在高处，宛如白鹤般张开翅膀，一团粉尘从天而降，大堂传来一阵不安的骚动。

这是迷幻中的大唐盛世，锦绣河山，有人在学着李太白吟诗作对，附庸风雅，有人在假扮帝王和贵妃之间的伉俪情深，有人在跳胡旋舞，有人在提笔泼墨……

每个人都迷失在过去，他们都在怀念昨日的盛唐。

这是香尘的作用，类似于迷香。晏瑶贝屏住呼吸，狠狠地咬了一口舌尖儿，找回自己的理智。

柳腰眯着娇媚的眼，再次抬起白羽扇。晏瑶贝手腕一抖，拦住柳腰，冷语问道："香尘从何而来？"

"这是长安香！"柳腰贴近晏瑶贝，用心地嗅着她的鼻尖儿，蛊惑地说道，"你身上也有长安香的味道。"

"这香从何而来？"晏瑶贝又问。

"胭脂奇本！"柳腰坦诚而言，"其实，凌玖月和夫人见的人就是我！"

"你？"晏瑶贝侧目。

柳腰从腰间的荷包里取出一块镶嵌着孔雀石托的螺子黛，把玩道："我为姑娘画个眉如何？"

"呃——"晏瑶贝本想转头避过，却被柳腰钳住下颔。柳腰的手很轻，指肚滑嫩，触碰间宛如流动的水珠。晏瑶贝放缓了挣扎。

柳腰一边画，一边微笑地说道："我娘亲说，眉在眸上，最能看透人心，我娘亲是个极美的女子，她心气儿高，不肯低头，自哀凄伤，苦了一辈子。唉，这又何必呢！"

柳腰的手轻轻顿了一下，发出一声淡淡的叹息，很快，他又恢复轻佻的语调："还是姑娘好，懂得低头，这女子一低头，好运气就来了。"

柳腰的手完美地一勾，晏瑶贝的眉换了样子。正如柳腰所言，眉在眸上，眉变了，整个人的韵味都变了。

晏瑶贝本就清秀，有了弯眉的衬托，显得更加英气。

柳腰仔细端详着那张素雅娟秀的脸颊，微笑道："这花，鲜而不香，香而不鲜，鲜香者皆带刺。姑娘是哪种呢？"

"我哪种也不是。"晏瑶贝礼貌地向后退了一步，凝神问道，"凌玖月和将军夫人最后一次来，有何异常吗？"

柳腰妩媚一笑："每个人各有不同，又谈何异常？不过，我与姑娘有缘，送姑娘一件东西。"

柳腰从袖袋里拿出一个绣花的荷包："希望姑娘能够喜欢。"

晏瑶贝接过荷包，摸到荷包里的硬物，脸色一变，她紧张地问道："你从何处得来此物？"

柳腰目光迷离地吐出两个字："兰娘！"

这时，外面传来连绵起伏的鼓声，晏瑶贝站在窗前，盯着那缕温暖的落日，原来长安城并没有进入漫长的黑夜，是天边的厚云遮挡了明朗的天，生生将白天变成白夜。

她要做的就是颠倒这乾坤！

"多谢！"晏瑶贝握紧荷包，走出旧人心里的虚幻盛唐……

日薄西山，那轮微冷的红日终是挣扎地落下，变冷，遁入无光之地，长安城进入了漫长沉寂的黑夜……

晏瑶贝、云离安、钟夭夭离开柳腰胭脂铺，在冷清的巷口稍作停留。钟夭夭饿得发晕，独自坐上了回钟府的马车。

云离安盯着晏瑶贝的眉，眼底闪过一丝淡淡的伤感。晏瑶贝详细讲述了醉生梦死的所见所闻，云离安的眉头才渐渐舒缓。

"你猜柳腰给了我什么？"晏瑶贝歪着头。

"哦？"云离安迎上那张英气的小脸。

晏瑶贝将荷包放在云离安的掌心，云离安从荷包里取出胭脂色的宝石，宝石上映出了一个"午"字。

晏瑶贝欣慰地抬起头："我也不知道柳腰为何将荷包交给我，他说是兰娘留下的，我与兰娘有数面之缘，那兰娘为何不亲自交给我？这荷包又和本案有何关系？"

云离安没有言语，他摩挲着胭脂色宝石，眼底生出一片琉璃碎片倾轧下的暗色。

这就是长安城，充满秘密，从太极宫的宫女、平康坊的花魁、道兴化坊的贵女；从诰命夫人、到寻常妇人、到卖艺的红手女，看似简单，实则背后的关系千丝万缕，落在凌烟阁上歇脚的雀鸟可能刚刚啄食过灞河上飘扬的柳絮。要寻之人或许就在身边，只差一份机缘。譬如某人，譬如某物。

他自认是勇敢的人，勇于面对黑暗，可是他太低估强大的黑暗了。

长安城的暗处藏着一把看不清风向的双刃剑，每个人即是磨剑、练剑、出剑的人，又是落剑嗜血的人。

到底是谁在背后掌控着长生殿的杀局？

他的眼前闪过那无光之地的黑暗……

"我去找云娘！"云离安稳健地说道。晏瑶贝默默地凝视着那双勇敢无惧的双眼，坚定地应道："好！"

夏末赶着马车将晏瑶贝送回辅兴坊，晏瑶贝却在半路折返了回去，她要验证一件事情，决定夜探平康坊。

坊墙外危机四伏、暗黑无边，坊墙内却是红烛摇曳、醉生梦死。晏瑶贝刚踏入坊门，就看到了一方池塘，池塘内荡漾着一团团浮动的暗影，那水润层层荡漾，激起一片涟漪，模糊的水面更加妩媚动人。晏瑶贝谨慎地走了过去。

花坊的布局环环相扣，各个院落之间用曲折的回廊连接，晏瑶贝很谨慎，她的步子轻盈地绕过池塘，走到一片奇形怪状的假山旁边。

假山的倒影虚晃地映在水中，遮挡着一切的暗涌。轻风吹过，几片树叶落入水面，一群顽皮的锦鲤争强地玩耍，偶尔听到几声呱呱的蛙声，浑然不知潜在暗处的危机。晏瑶贝无意欣赏美景，她在寻找着想见的人。

忽然间，水面一道暗影急逝而过，假山背后似乎传来陌生的声音。晏瑶贝屏住呼吸，仔细聆听着微弱的声音，她看到了一个熟悉的身影。

晏瑶贝警觉地跟了过去，不小心踢落了碎石。

"谁？"黑暗中有人警觉地张望。

晏瑶贝索性扔出一块小石块，水上跃起一条肥硕的锦鲤，锦鲤甩着尾巴，激起一串串欢快的水花。

对方放心下来，晏瑶贝继续跟了上去，她看清了那张脸——叶娘。

叶娘的手臂上缠绕着红绸带，她的身后站着两个家丁，三人拖拽一名身姿单薄的少女，少女浑身松软，毫无意识。

晏瑶贝顿时明了，叶娘是红手门的人，那教坊班子呢？她偷偷转到假山背面，试图解救那名少女。

可是她刚摸到泛着寒气的假山，就被人捂住了嘴巴。

"叶娘，又送上门儿一个！"

"一起带走！"

"好咧！"

夜色迷人，那滔天的罪恶在有心人的掌控下肆意而行。晏瑶贝迷迷糊糊醒来的时候，她听到一声"嘘"声。

竟然是兰娘！

"这里是……"晏瑶贝环视周围，这是一间柴房，横七竖八地躺着五六个昏迷的女子。

兰娘麻利地解开晏瑶贝身上的麻绳，小声道："跟着我走，不要说话。"

"那她们……"晏瑶贝担心，想必这都是叶娘买来的穷苦人家的女子，来教坊受教的。

"各安天命！"兰娘拉起软绵绵的晏瑶贝，小心翼翼地推开柴房的门。

"谁！"看守柴房的家丁听到门轴声，大吼一嗓子。晏瑶贝和兰娘害怕地缩了回去。

突然，外面传来挣扎的打斗声，晏瑶贝和兰娘的心提到了嗓子眼儿，小心地侧耳听着。

不一会儿，打斗声渐渐小了，一个气喘吁吁的男子走了进来。

"郭贵！"晏瑶贝看向兰娘，兰娘的脸色惨淡无光。

郭贵大喊了一句："跟我走！"晏瑶贝还没来得及摇醒那几位昏迷的姑娘，叶娘带着一群人堵在门口。

"姑娘何必挡我财路！"

晏瑶贝愤慨地指着叶娘手腕上的红绸带："你到底是教坊的人，还是红手门的人？"

叶娘板着脸应道："谁的人重要吗？姑娘查案与我井水不犯河水，掀开平康坊的帘子，遍地都是隐晦事，连天子都管不了，姑娘何必自找没趣！"

"那遇害的五人也是你买来的？"晏瑶贝怒问。

"我对她们五人可不薄！"叶娘挺直了腰身，"入我教坊比入花坊强上百倍，是她们五人不听话，以为学有所成，想离开我，另立门户。真是笑话，我叶娘在宫廷和教坊行走数十年，哪那么容易？结果出事了吧！"

"你知道她们会出事？"晏瑶贝又问。

叶娘笑了："我调教出来的人，我怎能不知？她们五人和凌玖月走得如此近，心气高，早晚出事。"

"是你害了她们？"晏瑶贝紧盯着叶娘的眼睛。

叶娘冷笑："我若出手，何必等到今日？她们五人可把我害苦了，白费了我的苦心！姑娘若明事理，现在就走。姑娘若不明事理，休怪我不讲情面，这里是平康坊，自有平康坊的规矩！"

"我既遇到，我必须带她们走！"晏瑶贝坚定而语。

"那就休怪我无情了！"叶娘振臂一挥，身后的家丁围了上来。

"啊！"郭贵蹿出来，他挥舞着一把短剑，每舞一下，便喊一声，这种疯狂的动作和方式震惊了在场的所有人。

兰娘的脸色很差，惨白的唇颤抖得说不出话来。晏瑶贝的眼底映出了血色，她看到了他。

"瑶贝！"云离安带着一群手执长刀的武侯匆匆赶来。

"拿下！"云离安振臂一挥，场面乱作一团，混乱中，叶娘和家丁被身手不凡的武侯擒获，晏瑶贝看得出，这些并非是真武侯，而是云离安私养的暗卫。

"我来晚了！"云离安歉意地拂过晏瑶贝凌乱的发鬓。

"刚好！"晏瑶贝感激地微笑，"不入虎穴，焉得虎子？"

"哦？"云离安会意地笑了。云娘抿着唇，脸色越发的苍白，郭贵的剑甩在地上，伏地而哭。

晏瑶贝捡起那把镶嵌宝石的短剑，郭贵抢下短剑："我是凶手，我是你们找的凶手！"

"是吗？"云离安护在晏瑶贝身前，指向兰娘，"你们两人都是凶手！"

"不，是我杀了凌玖月和夫人！"郭贵激动地大喊，"和兰娘没关系。"

兰娘抿着唇，一言不发。

云离安眸色加深："你们都说将军夫人遇害那日，兰娘去祥云祥买水晶龙凤糕了，还说那天祥云祥开门晚了半个时辰，排队的人很多。没错，那天的确人多，排队很长。可是祥云祥根本没有做水晶龙凤糕，你是如何买到的呢？"

"这！"兰娘的脸色更白了。

晏瑶贝更进一步："我去问过柳腰，柳腰说我身上有长安香的味道，可是我并不知道什么是长安香。后来，我仔细想了想，是你，是我在巷口扶起你的时候，沾到了你身上的长安香。"

云离安点头："这长安香别名洛阳红，享乐之药，能让人亢奋，也能让人减轻痛苦，还能让人疯狂！"

"我们……"兰娘崩溃地看向郭贵，战栗地说道："我们是凶手！"

郭贵发狂地挥舞着手中的剑，口中念念有词，剑身上的宝石闪过一道又一道的寒光。

"四海皇风被，千年德水清，戎衣更不著，今日告功成……"

这是破阵乐的军歌，长安城传唱数百年，他也是迷失在昨日大唐里的人。

"我要杀死她们，让她们去地下去跳真正的剑舞！"郭贵狠辣地喊道，"她们都要死，都必须死！"

"那将军夫人呢？你为何杀死她？"晏瑶贝追问。

"夫人？"郭贵迷离地看向兰娘，躁动的情绪变得异常的平静，"夫人没死啊，她就是夫人啊！"

晏瑶贝和云离安惊讶地盯着兰娘，兰娘咬着唇。

郭贵大笑："夫人打扮成兰娘的样子去柳腰胭脂铺，兰娘打扮成夫人的样子去良人居听戏。兰娘就是夫人，夫人就是兰娘，我的确爱慕兰娘，但是兰娘对我不闻不问。唯独夫人扮作兰娘的时候，对我最好。她们都以为我不知道，其实，我都知道。夫人对我这般好，为了她，我什么都能舍弃，包括我这条命！"郭贵突然举起短剑，决然地插入胸口，"我对不起兰娘，这条命还她！"

"郭贵！""兰娘"抱住挣扎的郭贵，"原来你一直都知道，还为何这般傻！"

郭贵摸着"兰娘"的脸："我要像祖先那样英、勇！"

晏瑶贝迟疑，柳腰给的胭脂色宝石是真兰娘的，还是假兰娘的呢？她坚定地挑明假兰娘的身份："你是夫人？"

"兰娘"叹了口气，微微抬起下颌，恢复将军夫人自带骄傲的语调："我与将军本为同心夫妻，可是自从天子转宫，将军就变了，大唐不在，什么都不在了。将军迷上了修道，我迷上了鹤坊，我们都离不开那享乐之地。可是我经常去，有损将军府的名誉，我便和兰娘互换了身份，我是她，她是我。我们本就年龄相当，身形相当，又彼此熟悉。兰娘从前是红袖胭脂铺的老板娘，精通化妆之道，所以我们扮起对方来，谁也不会看破。可是……"她停顿了一下，看向倒在地上的郭贵，"郭贵看出了不同，他本对兰娘有情，兰娘对他无意。我对他太过殷勤，无非是想套他的话罢了。"

"是你杀了真兰娘？"晏瑶贝又问。

将军夫人摇头："我没有，是郭贵杀了她，可惜，我也没有找到想要之物！"

云离安抖了抖眉毛："你在找什么？又是谁逼迫你？"

"红手门！"将军夫人抹起眼泪，"她们让我寻两色宝石！我也不知道为何要寻宝石，她们为何找到我。后来我才知道，午时胭脂色的宝石是兰娘的传家宝，巳时琥珀色的宝石是郭贵的传家宝，这两人都在我身边。"

"传家宝！"晏瑶贝惊愕，红手门果然在寻找长生殿的十二色密钥宝石，那她们是如何知道这十二色密钥宝石在哪里？她们掌握了什么线索？

晏瑶贝凝神之际，将军夫人走到她身边，贴耳说道："长安城的每个人都有秘密！"

晏瑶贝一愣，手中多了一张绢布。

"郭贵，我们也该上路了！"将军夫人安静地看向郭贵，郭贵又扬起那把剑，疯癫地跳起那蹩脚的剑舞。

"四海皇风被，千年德水清，戎衣更不著，今日告功成……"

两人并肩走向那奢靡之地，又双双倒下，像极了玄武门前的蒿草，心中向往和煦的春，宁愿压弯脊梁，也要随风而立……

晏瑶贝看着那倒下的人，紧紧握住手中的绢布，掌心一片细密的冷汗。

夜色漫漫，黑暗中，巨大的天幕笼罩着古老的长安城，让人认不清原来的样子，更找不到当年的初心，无法忘却的终是无法忘却，遗憾的事终是无法释怀。这人，这事，这境终将终结！

就让这风刮得更大些吧！

第四章　辟邪石狮吼

长安城的夜，总是不期而来，又抽丝离去，墨蓝的天边卷起一块留白的锦缎。锦缎上仿佛爬着无数只饥饿的蚕，正大口吞噬着墨蓝的夜空。留白的锦缎越来越大，天渐渐地亮了起来。

晏瑶贝醒得极早，乱七八糟的梦境让她的头昏昏沉沉，她仰望着一张张缥缈的香纱。清风拂过，吹皱了香纱，一朵朵娇艳欲滴的花瓣悠然地从空中降落，她喜悦地伸出双手去接。花瓣落在她的掌心，转眼间，变成了一滴滴滚烫的血。花瓣不停地下坠，掌心的血融在一起，生生染红了她的双眼。那刺眼的红装着罪恶，烫裂了她的掌纹，锥心的刺痛一直延伸到她的指尖，她眼睁睁地看着自己的双手在血红里化成阴森的白骨。

"啊！"她大汗淋漓地从梦境中醒来，大口地喘气，原来是一场真实的梦中梦。

她揉了揉双眸，看向窗外，层层重叠的香纱妩媚地摇动，缝隙间是个模糊的身影。

穿着一袭白袍的云离安站在对面，他没有绾发，墨色的长发在空中肆意地飞扬。

他正吹着一只半旧的螺贝，悠扬的曲调婉转动听，每个音符都牵动着跳跃的心弦，仿佛漫山遍野开满了嫩红色的桃花，那是满目的姹紫嫣红。

两人就这般对望着，一个情不自禁，一个不知所措……

"云、离、安！"晏瑶贝看到了一个不一样的男子。

半个时辰后，两人坐在茶香袅袅的正堂，烛台上燃着素雅的白蜡，茶炉里煮着含着辛辣气的茶汤。就好像经历过严冬，倍加珍惜温暖一样，两人都十分享受这份安逸和宁静。

不过，温存总是短暂，长生殿这把利刃始终高悬在头顶，顷刻必落。

晏瑶贝将将军夫人偷塞来的绢布递给云离安，绢布上记载着惊天的秘密，关于长生殿的秘密。她沉稳地说道："陛下没有告诉我们全部的真相！"

"你怕真相吗？"云离安皱起眉头，她还不知道尼雅马利真正的药效。若她有半分的损伤，他会不会后悔拉她入局呢？

或许现在还有退路。

晏瑶贝斩钉截铁地说道："从未怕过！"

从未！云离安的心底掀起了万丈巨浪，原以为设计好等君入瓮的局之后，他只要躲在角落里演好自己的角色，就能等到了完美的结局。可是他错了，而且错得离谱，错得一塌糊涂。

晏瑶贝的话好像锋利的荆棘深深刺痛着他的每一根神经，是他的心胸太过狭隘，他怕了。

他坚守的执念，她亦在坚守，始终未变。

她就像天边的北极星，无论春夏秋冬，星辰变幻，始终站在原地，从未改变过。

和她相比，他是多么的自私。

"留给我们的时间不多了。"云离安苦涩地说道。

晏瑶贝紧紧盯着铜镜背后错综复杂的图案，凝重地说："所以，我们要和命争一争。"

"别怕，有我陪你！"云离安优雅地挑过燃烧的烛芯，照亮了绢布上的神秘星图。他指着星图的位置，缓缓说道："《尔雅·释天》中记载'星纪，斗，牵牛也'，而斗、牛为二十八星宿中的两星名称。"

晏瑶贝沉稳地夹起一颗小贝片，落在铜镜的背后："这是十二宫，分别为降娄、大梁、实沈、鹑首、鹑火、鹑尾、寿星、大火、析木、星纪、玄枵、娵訾。相对应十二时辰为：子、丑、寅、卯、辰、巳、午、未、申、酉、戌、亥。相对应的颜色为：百草霜色、玄色、鸦青色、妃色、秋香色、琥珀色、胭脂色、朱槿色、萱草黄色、雪青色、竹月色、月白色。"

云离安迟疑地停顿下来，说出一个人的名字："叶默城！"

"是的！"晏瑶贝盯着铜镜上的小贝片，明慧地应道："长生殿的密钥为双射双覆，即每种颜色对应每个时辰，每个时辰对应每个人，每个人对应十二色宝石，十二色宝石对应十二宫。这十二个人中以叶默城为首，莫明山为终。陛下既然知道叶默城的存在，就代表着他知道密钥。但是他没有告诉我们真相，只让我们去寻找十二色宝石。"

"帝王终究是帝王！"云离安从荷包里拿出两颗闪亮的宝石，"绢布上记载，郭怀义拥有巳时琥珀宝石。历经数代，郭家败了，这颗宝石传到了郭贵的手里，郭贵将巳时琥珀宝石镶嵌在匕首上，就是这两颗，只是荷包不知所终。兰娘本姓为孟，是孟耀白的后人，孟家拥有午时胭脂宝石，或许兰娘早就看出了将军夫人的意图，故意将宝石放在柳腰那里，柳腰虽落风尘，但风骨依在，他将午时胭脂宝石给了你。"

144

晏瑶贝点头："现在除了鸦青色宝石不在我们的手上，子时百草霜色宝石、丑时玄色宝石、卯时妃色宝石、辰时秋香色宝石、巳时琥珀宝石、午时胭脂宝石都在我们手上。"她揉过微痛的胸口，坚强地说道，"我们要在九日之内寻到未时朱槿色宝石、申时萱草黄色宝石、酉时雪青色宝石、戌时竹月色宝石、亥时月白色宝石，我们都要活下去！"

"九日！"云离安的眸心映出血色的杀戮，云帮门和红手门都做不到的事情，她能做到？

云离安盯着那张清秀的小脸，从荷包里取出一个白色的小瓷瓶，倒出两粒褐色的小药丸，其中一粒自己吞了进去。

另一粒送到晏瑶贝的唇边，晏瑶贝迟疑间，清凉微苦的味道入了舌尖儿，沉闷的胸口舒缓了不少。

"这是……"

云离安勾唇笑道："九日这么久，还是保住身子才好。这是我调配的养生丸，能够强身健体，养颜养生，万金难求！"

"万金？"晏瑶贝瞥了一眼小瓷瓶，满脸不屑。

云离安未语，尼雅马利是世间极毒，即使九日内拿到解药，也必定会损伤五脏六腑，他和她的路还很长，他怎么舍得她受苦呢？

"我们都要活下去！"云离安重复道。晏瑶贝默默地收起一颗颗小贝片，指尖儿一点冰凉，心尖儿莫名地躁动起来……

唤醒长安城的晨鼓还未敲响，天已经朦胧见亮，暖意的风吹来了沁人的气息，翠绿的竹墙下长满了新笋，那是一把把尖锐的竹签。两人并肩站在屋檐下，头顶是朗朗的天，墙上是两人重叠的小影。

忽然，小花园里传来嘈杂的脚步声。云离安抬头望去，只见车夫夏末带着一群人走了过来，走在最前面的是钟濯濯。

云离安稳稳地握住了晏瑶贝的小手，晏瑶贝没有拒绝，她的眸底映出一抹坚定。

"这园子还不错，就是沉闷了些。"钟濯濯迈着稳健的步子走到近前，笑着说道，"改日，我派钟府的工匠过来挖个池塘，再砌个假山，养些荷花，放几尾肥鱼。这样就能在院子里煮茶、赏花、行酒令了。"

这园子不好吗！云离安的心底升起一股无名的浊火，晏瑶贝反倒落落大方，她管不了别人的想法，管住自己的心就行了。

钟濯濯是神策军护军中尉，掌管着长安城和皇宫的安防，他怎么会随心所欲地来辅兴坊看园子？是陛下有令？

晏瑶贝淡定地问道："钟护军可有事？"

钟濯濯一改往日的狂妄自大，认真地点头道："昨夜，长安城出了怪兽，素十城主的仆人被门前辟邪的石狮兽咬死了。这素十城城主是长安城的贵客，长安县令萧锦林和大理寺卿卢尹都去了。我想，这样的场合，长安县丞也应该在场，便来请了。"

素十城？陛下曾经说过叶默城可能去了素十城，这位素十城的城主会有叶默城后人的线索吗？晏瑶贝会意地看向云离安，云离安正深情地看着她。

钟濯濯不悦地催促道："快随我去吧！"

素十城，这是长安城百姓口口相传的一座城，也是离长安城最远的城，这是大唐通往西域"难以全生的危险道路"。

据说素十城仿照长安城所建，以街坊为名，两地互建互市监，互通有无，建立驿站。百年里，多少人命丧黄沙大漠，又有多少人用数不清的脚步扛起了大唐和西域的往来。

坐在马车上，云离安详细讲述了长安城和素十城的来往联络，晏瑶贝听得很认真。

云离安叹息地说道："大唐虽然不及当年，但是在丝绸之路上的威望还在，东西市的商贾都想将素十城作为中转驿站。所以，素十城的城主此番来长安城，两市的商贾都铆足了劲头，都想得到一张互市监的手实。更有用心之人，想和城主结下情谊，方便以后的生意。不过，这城主的身份……"

晏瑶贝笑道："天下熙熙皆为利来，天下攘攘皆为利往。不管这城主是真，是假，商贾的心都很诚恳。"

"诚恳？"云离安苦笑地扬起嘴角，她的想法总是那么古灵精怪。晏瑶贝也笑了，马车里传出清朗的笑声。马车外的钟濯濯格外的郁闷，早知道如此，他就不骑马了。

"驾——"看来还要加把劲儿，钟濯濯夹紧马镫，冲在了前面。

秋日的长安城分外沉闷，阳光愈加炙热，道路两旁的沟渠堆积着翻塘的淤泥，发出阵阵刺鼻的气味。

一串串清晰的脚印笔直地从沟渠两旁延伸在坑坑洼洼的街上，消失在空旷的尽头，提醒着有缘人曾经走过的路，还有路上发生的故事。

陈旧的坊墙前映出三个笔直、挺拔的身影。

这是一户雅致的别苑，坊墙洁白淡雅，院落曲径通幽，门前两侧各有一尊辟邪的石狮兽。奇怪的是石狮兽的身上捆着铁链，还各自上了把铜锁，想必这就是惹出是非的石狮兽了。

晏瑶贝凑近了几步，她发现左侧石狮兽的汉白玉底座上有移动的痕迹，至少差半尺的距离。她又走到对面，右侧石狮兽的底座岿然未动，石狮兽却有些不对，哪里不对呢？晏瑶贝又仔细看向左右两侧，左侧的石狮兽明显比右侧的石狮兽黑了几分，缝隙间有淤泥的痕迹。

晏瑶贝越发觉得蹊跷了。

云离安盯着石狮兽，提点了一句："长安城精通雕琢石狮兽的石匠不多，西市的康白玉是把好手，长安城大半的活计都是他的康家石铺做的，他有铁爪凿碑的独门绝活。康白玉自己是个痴人，为了雕琢出活灵活现的雀鸟，他就养了满院子的雀鸟，为了雕琢出最美的花纹，他学会了缂丝。"

"是啊！"钟濯濯笑道，"康白玉为了雕琢石狮兽，专门养了一只狮兽！"

"还有这等事？"晏瑶贝惊讶。

钟濯濯点头："康白玉不仅养了狮兽，还养了许多奇奇怪怪的。那康家的后院没人敢进，都是怪兽，听说还有头长得像鸟、身子像狗、爪子像猫的怪兽呢。"

世上哪里有怪兽，都是人心作祟罢了。晏瑶贝低头想了想，问道："康白玉是长安城唯一养狮兽的人吗？"

"这个……"钟濯濯面带难色。

云离安眯着眸，应道："还有一户，只是……"

他的话没说完，钟濯濯指着虚掩的木门，急于在晏瑶贝面前显露才华。

钟濯濯大声说道："先别管狮兽了，关于案情，我详细问过，这位素十城的城主在这里住了一月有余，他此次出行只带了夫人和一位老仆，老仆名为穆阿叶，也就是昨晚遇害的人。起初，这三人来长安城时比较低调，城主夫妇深居简出，整日在宅院里吟诗作对，雅兴悠哉。老仆穆阿叶负责照顾两人的起居，穆阿叶的语调生涩，不会说长安官话，而且他采买奢侈，挥金如土，每日的膳食都是良人居亲自来送，很快就引起了东西市各家商贾的关注。这样一来一往，三人的身份就成了公开的秘密。"

"是因为互市监？"晏瑶贝问。

钟濯濯点头："是的，长安城和素十城互通有无，互建互市监，外来的商贾想在长安城做生意，需要得到长安城互市监的手实，而长安城的商人想去素十城做生意，中转货物，也需要素十城互市监的手实。那是大唐通往西域最重要、最远的地方，谁不想分一碗羹呢？如今这素十城的城主亲自来了长安城，送上了门儿，赚钱也好，他乡照拂也罢，谁不想往前凑一凑呢？"

晏瑶贝微微点头，墨色的眼底闪过一丝波澜，她直接挑明了心中的疑问："既是素十城的城主，身份被认了出来，那为何还住在这里？不是应该住在长安城的驿站吗？"

钟濯濯笑着摆手："这就是城主的过人之处，不以城主身份公开示人，不见任何官吏，省去冗繁规矩，悠闲自在，又自带名号。"

"那又如何证明他是真的素十城城主呢？"晏瑶贝不解。

"这还用证明吗？你自己来看！"钟濯濯用力地推开了门，萧锦林和一位穿着朱红色官袍的男子刚好从里面走出来。

那男子大概三十岁的年纪，浑身透着天生的傲慢，倒显得萧锦林谦恭了许多。萧锦林一边走，一边低着头："卢大人，您看……"

"各尽其职！"男子的话语透着冰冷的疏离。

"好，好，下官这就回去整理卷宗！"萧锦林卑微地拱手告别，那男子眼皮儿都没抬。萧锦林没有再自讨没趣，他狠狠地瞪了晏瑶贝一眼。

晏瑶贝没有丝毫的胆怯，她不气不恼地瞪了回去。萧锦林窝了一肚子的火，又不好发作，只能悻悻地带着两名不良人缓缓离去。

这会儿，晏瑶贝想进门，那位高傲的男子却一直站在门口，没有让开的意思。一个在外，一个在内，一个不让，一个不退，门前的气氛变得有些凝重，还生出几分窘态。

微风拂过，沟渠前的榆树晃了又晃，云离安的眸心染着晦涩，宛如浓郁的茶色。他压低声音道："他是大理寺卿卢尹。"

百姓皆知，大理寺为九卿之列，九寺之一，除了负责皇家、世家和京城的重大案件，还分管各州县的案件复审。大理寺卿是从三品，掌邦国折狱详刑之事。龙朔二年（662）曾改名为详刑正卿，光宅元年（684）改为司刑卿，后又改回大理寺卿。

卢尹年纪尚浅就能成为大理寺卿，是承袭了范阳卢氏的福泽。

"自古幽燕无双地，天下范阳第一州。"古之大儒皆出自范阳卢氏，更有"望出范阳，北州冠族"的美称。卢家满门朱紫，让承天门上的野草都羡慕得红了眼睛。

可是羡慕有用吗？

有人总想成为跃过龙门的锦鲤，改变自己的命运。殊不知有人早就站在龙门之上，他的终点就是某些人的起点。其实，他也不必伤感，在他之下，还有很多人需要修炼数百年才能成为鲤鱼。

这就是每个人的命！

晏瑶贝是不信命的人！

她才不在乎卢家的威望和卢尹的官职，她是来履行职责，来查案，来求活的。

"哦？"晏瑶贝面带笑意，不卑不亢地迎上卢尹投来的鄙视的目光。

卢尹的嘴角挑过一丝不屑，他没搭理晏瑶贝，转而看向钟濯濯，拉长语调，傲慢地说道："钟护军也来了！"

钟濯濯恢复官场上的冷漠："出了这么稀奇古怪的案子，我当然要来瞧瞧。"

"哈哈——"卢尹大笑，"你们兄妹真是很像，我以为钟夭夭会来，没想到等来了钟护军！"

"谁说我没来呀！"穿着不良人官袍的钟夭夭兴致勃勃地走过来，"京城出了这么大的案子，怎么能少了我呢！哎，晏瑶贝，一起查案哈！"

晏瑶贝喜忧参半，喜的是有钟夭夭在，可以缓解不少尴尬，忧的是有钟夭夭在，也能生出不少是非。不过，她今天已经很懂事了，至少没有称呼她为嫂嫂。

"你来得正好！"晏瑶贝鼓励道。钟夭夭神气地晃了晃脑袋，她忽然想起了什么。

"哥，昭义的刘中尉来了。"

"哦？"钟濯濯的眸深邃了几分，他抬起手臂，指向晏瑶贝："卢兄，这是长安县丞——晏瑶贝，无脸案就是她破的，我钟家与晏家是姻亲。"

"姻亲？"卢尹侧目。

"承让！"钟濯濯和卢尹寒暄告别，又看向晏瑶贝，压低声调，"我先回府了，有事来兴化坊找我。"

"多谢！"晏瑶贝时刻保持着和钟濯濯的距离。

钟濯濯恋恋不舍地翻上马背，策马而去。门前只剩下晏瑶贝、云离安、钟夭夭和卢尹。

卢尹居高临下地看着晏瑶贝，傲慢的口吻："长生客栈失火案也是你破的？"

晏瑶贝盯着卢尹那双深褐的眼睛，默默点头："正是下官。"

卢尹讥诮地笑道："和那个萧锦林比起来，多了几分运气罢了。"

晏瑶贝最为讨厌卢尹这样的世家子弟，干练地回道："还有本事！"

卢尹一怔，晏瑶贝已经在身边擦肩而过，他感觉到一股清雅芬芳的气息。

"原来卢大人家养了一只狮兽。"晏瑶贝刻意咬着字眼儿。

"嗯？"卢尹错愕，她怎么知道的？迟疑间，伊人早已离去。

"哈哈……"钟夭夭从未见过这般狼狈的卢尹。她白了卢尹一眼，蹦蹦跳跳跟了进去。

云离安始终未动，那身素色的长袍笔直挺拔。卢尹郑重地问道："是你告诉她的？"云离安默然地摇头。

卢尹困扰地自言自语："那她是如何知道的？"

"她是长安神探的后人！"云离安挑过袍摆，嘴角扬起一道轻松的弧线。

长安神探！卢尹宛如一尊风化的石像立在门前，他的左右两侧是两尊捆绑着铁链的石狮兽……

叶府不大，是世家的外宅别院。府内景色雅致优美，一步一景，秀色规整。这会儿阳光正好，湖边的柳条婀娜地随风摇动，湖水微微荡漾，惊起层层涟漪。

平静的湖心有一戏台，搭建戏台的四根木柱上缠绕着飘逸的彩绸，条条彩绸重叠、缠绕，形成了天然的彩顶。彩顶的四周是闪亮的琉璃帘，一颗颗晶莹剔透的琉璃珠子在湖光的映衬下格外的闪亮。

晏瑶贝站在戏台中央，不时地揉着眼睛，她以为自己走错了地方，她是来查案的，不是来游湖的。她在云离安的指引下看到了那具僵硬的尸体和两位神色悲伤的主人，才从美景中走出来。

"这两位是叶员外和叶夫人！"云离安介绍。晏瑶贝顺眼看过去。

身着墨色长袍的叶员外神色悲伤地说道："穆阿叶跟随我多年，没想到会客死他乡！"

"夫君，卢大人会抓到那只辟邪石狮兽的。"站在叶员外身旁的叶夫人柔声细语地劝慰。

"也罢，也罢。"叶员外沉重地闭上双眼。叶夫人关切地拂过他的胸口，夫妻两人伉俪情深。

钟夭夭好奇地问道："你们就是那些商贾口中的叶员外和叶夫人？"

叶员外微眯着浑浊的眼，盯着远处留白的天边，低吟道："空山不见人，但闻人语响，返景入深林，复照青苔上。谁不愿远离尘嚣，做一个逍遥自在的员外郎呢？"

"是呀！"叶夫人拿捏着语调，"我与夫君藏于闹市，过着声喧乱石中，色静深松里，漾漾泛菱荇，澄澄映葭苇的日子，如此甚好！"她暧昧地看向叶员外，夫妻两人郎情妾意，恩爱有加。

钟夭夭看得脸红，晏瑶贝却觉得叶员外和叶夫人怪怪的。她的父母感情也很好，可是在外人面前落落大方，从未如此拘泥刻意。相比之下，叶员外和叶夫人似乎在背书。当然，这与本案无关，她索性直接问起了昨夜的事情。

叶员外未语，叶夫人的口吻有些不耐烦，她的声调硬了几分："昨夜的事情，我们已经讲过两遍了，这长安城到底有多少衙门，多少官吏？素十城可没有此烦琐的规矩。"叶夫人故意拂过发髻，发髻上是一支金光闪闪的凤尾钗。

钟夭夭惊叹道："我娘也有一支一模一样的凤尾钗，那是御赐之物，是大明宫的刘司珍亲手做的。"

"好眼力！"叶夫人的脸上满是得意，"到底是见过世面的大小姐。"

"嘿嘿，我以前总偷戴，自然记得清楚！"钟夭夭得意扬扬地点头。她转向晏瑶贝，压低声音说道，"那支凤尾钗是皇家的宫廷式样，应该是陛下赏赐给素十城主的。叶员外虽然自称员外，但是他的真实身份是素十城城主。你不要惹了圣怒，到时候，我也不好保你。”

晏瑶贝眯着猫眼，冷冷地回了四个字：“各安其命！”她从小远离长安城的漩涡，从未在意过高高在上的权势。

她很感谢钟夭夭直白的关照，不过，她无法理解权势所波及的那些盘根错节的、涓埃之微之事。对她而言，素十城的城主夫人和在农田里耕作的农妇没什么区别，谁出了事，她都会尽全力去找出真相。

她不会因为惧怕而失去勇气，也不会为了讨好谁而蒙蔽双眼，对谁主动示好。

在她眼里，人之常情才最重要！

其实，她发自内心的不喜欢叶员外和叶夫人，总觉得两人太过做作、虚伪。既然是素十城的城主和城主夫人，就应该光明正大地示人，住进官家的驿站。何必以无官一身轻的员外自称？

还有，自称员外和夫人也罢，想过“采菊东篱下，悠然见南山”的生活也好，又何必处处暗露锋芒，华侈铺张，以世人看透的素十城城主的身份压制于人，甚至从中渔利呢？

或许他们有不得已的苦衷，她不想知道，只想问案。

晏瑶贝最大的长处就是凡事都为对方着想，萧锦林和卢尹刚刚离去，两人分别以长安县令和大理寺卿的身份询问过穆阿叶遇害的经过，她再次来问，谁会不烦呢？

以她在弘风县办案的经验，有更好的办法。

晏瑶贝看向正在检验穆阿叶尸体的云离安，云离安有条不紊地收起银针，摘下敷鼻遮挡尸气的白纱，走了过来。

“怎么样？”晏瑶贝问道。

云离安缓缓说道："穆阿叶在临死前喝了很多酒，他是被牙齿尖锐的猛兽咬断喉咙，拖到戏台这里的。"

"那他是在哪里遇害的？"晏瑶贝故意大声。

叶员外和叶夫人殷切地看向云离安。云离安听出了晏瑶贝的弦外之音。他环视四周，目光笃定地说道："厨房！"

"你怎么知道是厨房？"叶员外好奇地问。

云离安微笑："他的指缝里有草木灰，头发上有鳜鱼的鱼糜，想来那猛兽是在厨房偷吃，醉酒的穆阿叶去追赶，反被猛兽咬死，拖拽到戏台。戏台的柱子和回字纹的地砖上都有血迹，我还拓到了一个模糊的爪印。"云离安展开一张薄薄的藤纸，藤纸上印着染着血的印记。晏瑶贝强忍住了笑意，这哪里是拓出的爪印，是他顺手临摹的。

效果很好，叶员外和叶夫人的脸色更白了。

"那猛兽去哪里了？"叶夫人焦灼地问。

"那就不得而知了，或许还在府内。"云离安一本正经地收起藤纸。

"啊！"叶员外瞪大双眼，叶夫人握紧了掌心的绢帕。

火候刚好，云离安溺爱地看向晏瑶贝，晏瑶贝的眼底闪过一丝狡黠，她侧目问道："昨夜府内如果真的来了猛兽，定有异常，不知两位昨夜听到了什么。"

"这个……"叶员外沉思片刻，缓缓说道，"昨夜，良人居送来了自酿的郎官清，我犯了头疾，都赏赐给穆阿叶了。半夜时，我头疼睡不着，在湖边纳凉，一声蛙叫也没听到，我当时还很奇怪。"

"没听到其他声音？"晏瑶贝又问。

"我听到了石狮兽的吼声。"叶员外面带惊悚。

"我也听到了！"叶夫人开了口，"我还听到穆阿叶的喊声，我以为他醉酒撒酒疯呢，可是我看到窗外飞过一团黑影，就蹲在坊墙上。我赶紧去湖边寻夫君，发现他躺在戏台上，我扶着他往外跑，遇到了巡逻的武侯，武侯发现门口的石狮兽不见了。"

"是立在左侧的辟邪石狮兽？"晏瑶贝谨慎地问。

"嗯。"叶员外信誓旦旦地说。

"那辟邪石狮兽什么时候又回来了？"晏瑶贝又问。

叶夫人补充道："我们和武侯赶到府内，发现穆阿叶死在了戏台，武侯搜查好一会儿出府时，发现石狮兽又回来了。一定是辟邪的石狮兽咬死了穆阿叶，是石狮兽显灵了。"她虔诚地合并十指，默念起了菩萨保佑。

晏瑶贝木然地抚摸着腰间的荷包，诡异的线索就像荷包里的小贝片，看似光滑，贝片的表面皆是勾连的暗纹。

石狮兽真的会变成活的，咬死穆阿叶？绝对不可能！

"府上还有其他人吗？"晏瑶贝谨慎地问。

"我夫君喜静，夜里只有我们夫妇二人和穆阿叶，白日有三个家丁和两个厨娘。"叶夫人细声慢语地应道。

"那昨夜的武侯呢？"晏瑶贝问。

钟夭夭得意地抢话道："我在来叶府之前，问过昨夜巡逻的武侯了，他们的确都看到辟邪石狮兽失踪了，等他们从府里出来，又发现石狮兽回来了。"

"那他们在府里停留了多久？"晏瑶贝的神色变得凛然。

"嗯，大概有半个时辰吧，他们说为了寻找咬死穆阿叶的石狮兽，在府内仔细搜查了两遍，不对，是三遍！"钟夭夭犯了糊涂，"到底是三遍还是两遍呢？"

"最多两遍！"云离安稳重的口吻。

晏瑶贝点头，叶府看似很大，能隐藏的地方不多，长安城巡逻的武侯皆是训练有素的壮年男子，以他们的脚力和分工，半个时辰搜查两遍绰绰有余，三遍是不可能的，也就是说半个时辰之内有人将门口失踪的辟邪石狮兽又送回来了。

这又转到了另一个问题，是凶手自己搬走了石狮兽，又送回来？还是凶手另有帮手？他们把石狮兽又藏在哪里？距离不会太远，或许很近。毕竟当时正值夜禁，随时都有被武侯发现的危险。

那凶手又是如何脱身呢？

一连串的疑问拨乱了碾动时光的车轮，晏瑶贝在那些零星的碎片里拼凑着昨夜的真相。

"那……"她又询问了几句关于穆阿叶的寻常事，叶员外言语不多，叶夫人的回答很细致。

"这么说，穆阿叶平日里负责府中的采买，也就是花钱。他接触最多的就是长安城东市和西市的商家掌柜？"晏瑶贝总结道。

"嗯！"叶夫人的语气扬了起来，"长安城的繁华名不虚传，我们自然要不虚此行。"

晏瑶贝的心底苦涩无边，朱门酒肉臭，路有冻死骨！这世道总是这般冷酷，有人为一张嘴起早贪黑的忙碌，有人却过着穷奢极欲、理所当然的生活，还要自诩员外！

她默默地转过身，打算去厨房和穆阿叶的卧房找些线索。

这时，三位商贾打扮的男人哭哭啼啼地走了过来。

"穆阿叶兄弟呀！"

"叶员外要保重身体啊！"

"该死的凶手！"

晏瑶贝迟疑地看了过去，云离安压低声音介绍道："右侧的是盛丰茶肆的刘掌柜，中间的是宁玉苑瓷铺的黄掌柜，左侧是……"

"康白玉！"晏瑶贝盯着那双深褐色的双眼，"他和卢尹一样，眼睛里带着狮兽的凶残！"

"又或许是人性的凶残！"云离安的眸深了下去。

晏瑶贝偷瞄向叶员外和叶夫人，夫妇两人的脸色绷得很紧。

三位掌柜走了过来，黄掌柜的哭声最大，言语间都是悲伤之意。刘掌柜的哭声很小，言语间都是对叶员外的安慰之词。只有康白玉还算理智，他摩挲着掌心，说道："我已经为穆阿叶凿好了墓碑，不知何时入坟林下葬？"

他的话音刚落，小小的戏台变得安静。黄掌柜指责道："康白玉，你这是什么意思？穆阿叶老兄刚遇害，你把墓碑就凿好了，难道你早就凿好了墓碑，整日盼着穆阿叶死？"

"我才没有！"康白玉反驳，"若说未卜先知，我哪有刘掌柜的本事，他连办丧事的白绫都准备好了。"

"我哪有！"刘掌柜急了，"那些白绫是上个月盛丰茶肆的驼队在丝绸路上出事，货丢了，死了四个伙计，我为他们办后事剩下的。赶巧穆阿叶出事，我合计叶员外在长安城人生地不熟，我能帮一把就帮一把。而且，我与穆阿叶是忘年之交，我拿些白绫过来，也是应该的。"

"忘年之交？"黄掌柜突然笑了，"我和穆阿叶才是忘年交吧。"

刘掌柜讥诮："你被穆阿叶拒在门外半月有余，这忘年交的情谊就是在敲门时结下的？"

黄掌柜红了脸："我不过在门外等了半月而已，康白玉等了两个半月呢。"

康白玉铁青了脸，攥着拳头说不出话来。晏瑶贝发现他的指甲磨得很平，每根手指上都长着厚厚的茧。

他就是拥有铁爪凿碑绝技的石匠？

体型消瘦的刘掌柜说起了风凉话："哈哈，康白玉如果不是被拒在门外那么久，怎么会送来那对石狮兽呢！"

"听说穆阿叶是被石狮兽……"黄掌柜的话说了一半，康白玉的拳头挥了上去："休要血口喷人！"

"放肆！"叶员外制止了三人的争吵，"穆阿叶尸骨未寒，休得无礼。"

三人脸红脖子粗地停止了争吵，变得安静。晏瑶贝仔细盯着三人，她看到了火焰、畅意、快感和满足，那明明是仇恨！

他们不是来奔丧的。

此案与素十城有关，她要在最短的时间内找出真凶，才能探寻长生殿的秘密，留给她的时间不多了。

晏瑶贝看向叶员外夫妇，做出请的手势："请借一步说话！"叶员外和叶夫人早就厌倦了三位掌柜的争吵，借着晏瑶贝的话，径直走出戏台。晏瑶贝朝云离安使了眼色，云离安会意地点头。

曲幽的小径望不到尽头，叶员外夫妇将晏瑶贝带到一处僻静的假山旁。假山依水而建，长满青苔的潭水深不见底，照不出假山的倒影，也映不出人的影子。

叶员外深吸了一口气，平稳着焦虑的情绪。

叶夫人的手拂在唇边，小拇指微翘上扬，她轻声地咳了一声，笑眯眯地问道："姑娘可有事？"

晏瑶贝点头："夫人真是聪慧，其实，今天除了查案，我的确还有另外一事。"

"这是素十城的手实，拿去吧。"叶员外洒脱地从袖袋里拿出一张印着红戳的信函递到晏瑶贝面前，熟练地说道，"有了这张手实，你可以在素十城做所有的生意。"

晏瑶贝没有接信函，谦恭地说道："多谢叶员外的好意，我不是来要素十城手实的。"

叶员外一怔："那你要做什么？"

"姑娘！"叶夫人劝慰道，"这是长安城那些商贾梦寐以求的手实。你若无心去素十城，转以他人，也是好的。"

晏瑶贝心知肚明，叶员外夫妇在利诱自己。他们想做什么？

"这……"晏瑶贝暂时放弃了询问叶默城的事情，面带为难。

叶夫人将手实放在晏瑶贝的手里，语重心长地说道："这世道太乱，女儿家要为自己长远打算，嫁妆丰厚些，在婆家的日子也好过些。"

晏瑶贝接过手实，素十城的红戳方方正正，格外显眼。

"多谢夫人教诲！我一定会抓到凶手，让叶员外和夫人安心。"

"不必！"叶员外摆手，"那凶手就是门口的石狮兽，我早就劝穆阿叶不要贪心，他总是不听，昨夜惹来杀身之祸，也是他的命数！"

"是啊！"叶夫人附和道，"穆阿叶借手实一事，纵容私欲，得了不少好处，肥了自己，却辱了夫君的名号，损了素十城的威名。昨夜上天派出辟邪石狮兽示警，这是天意啊，我与夫君也有管教不严之责。"叶夫人激动地流下眼泪。

"夫人！"叶员外将叶夫人揽在怀里。晏瑶贝识趣地转过身。

良久，叶员外沉重地说道："明日，我和夫人会带着穆阿叶的尸体离开长安城，不会再沉浸这世间的私欲权势了。"

"这么仓促！"晏瑶贝有些疑惑。

叶夫人抬起纤纤小手，擦过眼泪："听闻姑娘抓到了无脸案的凶手，可是此案是上天示警，请姑娘不必再深查此案，还穆阿叶清静，也算是护了夫君和我的名声。若他日有缘，我们可以在素十城见！"

晏瑶贝眸光一闪，彻底明白了叶员外和叶夫人的心思，两人不想有损名声，自认了穆阿叶的遇害。

昨夜到底发生了什么？

晏瑶贝仔细盯着那张手实，方正的红戳间组成了不一样的图案，似乎是一个人的名字。

这是？

晏瑶贝的目光深谙了下去……

"晏瑶贝！"一声急躁的呼喊打破了寂静，钟夭夭上气不接下气地跑过来，"不好啦，刘掌柜投湖了，云离安正在救他。"

"走！"晏瑶贝着急地跟了过去。

叶员外和叶夫人纹丝未动，两人的眼底闪过锋利的暗芒。

阳光正烈，湖心的戏台仿佛变成了一座漂在湖心的孤岛。孤岛上有活人、死人还有半死不活的人。

云离安用力按下刘掌柜的胸口，将一根银针扎在人中穴，刘掌柜吐出一口浊水，缓缓地吭了一声。他虚弱地靠着戏台柱子，戏台柱子的背面是穆阿叶僵硬的尸体。

戏台的氛围变得紧迫。

"他没事了！"云离安拔下银针，刘掌柜的气脉渐渐地恢复。

晏瑶贝关切："到底怎么回事？"

云离安看向康白玉。康白玉的脸色很差，不停地揉搓平整的指甲。

钟夭夭蛮横地掐起小蛮腰："都怪你说刘掌柜是杀死穆阿叶的凶手，刘掌柜有口难辩，才会以死表明清白的。"

"我、我也没想到他会投湖！"康白玉瘪了嘴。

黄掌柜冷语道："事到如今，我们也不必如此了。这长安城所有的掌柜谁没受过穆阿叶的羞辱，谁没受过他的敲诈，谁不痛恨穆阿叶，谁不盼着他死呢！"

康白玉低下头，眼底满是痛苦。黄掌柜的脸色变得铁青。

"唉！"刘掌柜哽咽地扑打着湿漉漉的地面，袖口里滚出了一支湿漉漉的铁哨。那是一枚磨得光滑的铁哨，前尖后钝，类似鸣镝的形状，一看就是老物件儿了。

他们刘家不是做茶叶生意吗？拿着铁哨做什么？晏瑶贝想把铁哨捡起来。

刘掌柜却拖着虚弱的身子移动，像捡起珍宝一样捧起铁哨，身后回字纹的地砖上留下一道看不出形状的水渍。

"你们也希望他死？"晏瑶贝敏锐地抓住了松动的线索。

黄掌柜意识到自己失言了，立刻恢复了商人的油滑。他瞥了一眼晏瑶贝，又看了一眼云离安和钟夭夭，语气稍稍软了几分。

"这位姑娘好面生，不知住在哪个街坊？"

晏瑶贝当然知晓黄掌柜话里话外的意思，自从踏入长安城她就领教过这种质问了。长安城的街坊阻隔的不仅是每家每户，更是每个人的身份和地位。宗仁坊的燕子窝比长寿坊的正房还金贵呢。

她不愿参与世俗，却逃不开世俗。

晏瑶贝没有吭声。

云离安眯着双眸说道："她住在辅兴坊。"

"辅兴坊！"黄掌柜震惊地看着晏瑶贝，"长安神探的晏府！"

"正是晏府。"云离安微笑地从暗袖里拿出陛下赐予的令牌，"晏瑶贝是晏长倾和沈知意的后人，是御赐的长安县丞。"

"啊？"

黄掌柜、康白玉恭敬地跪倒在地，刘掌柜也半跪着不敢抬头。

"还真是御赐的令牌。"钟夭夭羡慕地盯着令牌，小声嘀咕，"什么时候，我也想讨来一块。"

晏瑶贝困惑地看着云离安，他为何要在此时拿出令牌？又为何表明她长安县丞的身份呢？

云离安在晏瑶贝的耳边轻轻一语："我不许任何人对你怠慢。"

"呃！"晏瑶贝的心里满是暖意。

云离安高举令牌，眉宇间尽露英气："穆阿叶昨夜遇害，晏县丞要审案，你们三位要如实回答。"

"是！"三人参差不齐地应道。

夷由间，晏瑶贝看到远处一对模糊的身影，叶员外和叶夫人站在湖的对面，正望着她。

一想到叶员外和叶夫人明日将启程离开长安城，晏瑶贝的眸色深了下去。此案说难不难，说易不易，案情的爆燃点就是石狮兽。穆阿叶是被猛兽咬死的，叶员外和叶夫人坚持说是门前的石狮兽咬死了穆阿叶，可是那石狮兽怎么可能活过来？

世间本无鬼，人心在作恶！

这三位掌柜又各执一词，互相指责推脱对方是凶手。

真相到底是什么？无辜也好，罪大恶极也罢，都要遵循律法，由不得人情私利。律法终究是律法，维持着人间的正义和秩序。

晏瑶贝缓缓转过身，做回了那个睿智的晏县丞。

"你养了狮兽？"晏瑶贝看向康白玉。

"真的和我没关系！"康白玉情绪激动地说道，"我养的狮兽三天前就死了，我给埋到了城外的坟林，店里的伙计都可以证明。"

"那都是你的伙计，自然为你证明了。"黄掌柜说起风凉话，"谁不知道你家除了狮兽，还有凶残的猞猁。"

"咳咳！"云离安轻咳了一声。

晏瑶贝侧目，猞猁牙尖凶猛，以前在弘风县时，咬死牲畜家禽是常有的事情。但是猞猁身形较小，攻击一个成年人还是很难的，而且穆阿叶人高马大，被猞猁扑倒、咬死未免太过牵强。

"我养猞猁怎么了？"康白玉辩解，"养猞猁犯了哪条大唐律法？"

"养猞猁不犯大唐律法！"刘掌柜甩过头上的水珠，缓缓地站了起来，"三天前，你在绸缎庄被穆阿叶羞辱一事，西市传得沸沸扬扬，当时，你扬言穆阿叶会遭报应。昨晚，穆阿叶就被石狮兽咬死了，今天你就过来送墓碑。看来今后你不必做石匠了，在我盛丰茶肆的门前支个摊子做算命先生才对！"

"你——"康白玉指着刘掌柜，眼睛里迸发着怒气的火苗儿，"你才最恨穆阿叶，黄掌柜告诉我，你至今没有拿到素十城的手实。"

"哦？"晏瑶贝拿出了叶员外给她的那张手实。

刘掌柜怔怔地盯着手实，发烫的喉咙间仿佛梗了一块骨，他的嗓音变得沙哑："黄掌柜，我不过没有帮你在长生镖局作保，你何必落井下石呢？"

"长生镖局的事，我早就解决了，我只是说出实情而已。"黄掌柜冷笑，"如今这张素十城的手实价值千贯。你不肯在穆阿叶面前低头，不肯给穆阿叶回礼，所以你的新茶才会在丝绸路上被抢，才会死那么多伙计，盛丰茶肆也从此一蹶不振。"

"不会的！"刘掌柜愤恨地甩手，地上激起一片水滴，"我

166

们盛丰茶肆是长安城的老字号，我刘家祖上是丝绸路上的英雄，曾经击败过狼群，保护大唐的商队。"

"哈哈——"黄掌柜大笑，"御狼那都是老黄历了，说书人都说累了，只有你们刘家当成荣耀念念不忘。"

"这是真的！"刘掌柜憋了一口气，重重地喘了几声，他紧紧攥着拳，一个尖锐的铁角穿透在指缝，泛起血色。

晏瑶贝从他闪烁的目光中看出了不甘，那份不甘里装着隐忍、痛苦，还有……

是狠绝，放手一搏的狠绝！

既有恨，又为何为了清白，以死明志呢？

晏瑶贝不动声色地看向康白玉，康白玉的双眼窝着一团火，那怒火足以烧毁眼前的一切。

常年查案的经验告诉她，杀害穆阿叶的凶手就在这三人之中，到底是谁？又是用什么方法杀人呢？

这时，云离安看向湖面，低吟起少陵野老的诗词："应手看捶钩，清心听鸣镝！"

晏瑶贝的眼前一亮，他也看到了形同鸣镝的铁哨？对了，刚刚黄掌柜说刘家先人御狼，难道是……

晏瑶贝眯着猫眼看向云离安，云离安朝她默默点头。

晏瑶贝的眸心映出了一个清晰的剪影，她看向刘掌柜："不知可否借你的铁哨一用？"

"这……"刘掌柜的语调颤抖了起来。

"这就是刘家先人在丝绸路上御狼的哨子？"晏瑶贝试探地问道。

刘掌柜没吭声，闭上双眼沉浸在回忆中，他以为自己能得

167

到解脱，却将自己逼入了绝境，无法自拔。他恨自己可憎的脸，更恨地上那具僵硬的尸体。

"我们刘家是丝绸路上的英雄！"刘掌柜突然睁开血红的双眼，将铁哨放在唇边。

"啾啾——"一记尖锐的长调划破寂静的戏台。那哨音铿锵有力，两个高昂的转音之后是一记沉闷的尾音。那声音渐行渐远，近在耳边，又在遥远的天边。

康白玉大声阻止："不要，不要……"

"啊——"钟夭夭嫌弃地捂住耳朵，"好难听呀！"黄掌柜左右张望，面带惶恐。云离安动作敏捷地将晏瑶贝护在怀里，在耳边说了一句。晏瑶贝的眸色深了下去，变得安静。

奇怪的哨声让人仿佛遇到了一场铺天盖地、狂风肆虐的大火，正当炙热的火焰烧红苍茫的天穹时，来了一场酣畅淋漓的大雨，及时驱散、浇灭了大火。但是满目疮痍的过火之处，冒出的滚滚浓烟又一次掩盖天穹，天地间只剩下一片晦暗的灰烬。

深陷在灰烬里的人，留下了一串串不可磨灭的脚印，艰难地寻找着逝去的光阴。

晏瑶贝警觉地盯着陷入痴迷的刘掌柜，若有所思。云离安贴耳柔声道："真相就在眼前。"

真相！

远处，叶员外和叶夫人慌乱地跑着，两人的身后追着一团黑影，黑影的动作很快，不停地发出嘶嘶的吼叫。

晏瑶贝仔细辨认，并不是狮兽的吼叫，那是什么？

她紧张地瞪圆了双眼。

"不要吹了，不要吹了！"康白玉揉搓着双手，想冲上去抓断刘掌柜的喉咙，将鲜红的血涂在他清高的脸上，他用力地制止了自己邪恶的想法。

御兽的哨声并没有停止，反而越来越高昂。那黑影距离叶员外和叶夫人越来越近，钟夭夭着急地想去救人。

晏瑶贝拦住她："再等等！"

真相渐渐浮出水面了，叶员外竟然没有等叶夫人，只顾自己一个人往前冲。叶夫人被落在后面，黑影几乎抓住了她卷起的裙角，两人逃生的表现和刚才的恩爱夫妻简直是天壤之别。

"他们？"钟夭夭都看糊涂了。

"真相就在眼前！"晏瑶贝重复了云离安的话。

黄掌柜揉着眼睛，腿都软了。康白玉揉搓着双手，冷漠地盯着那团黑影，嘴角扬起一抹畅快的笑痕。

陷入疯癫的刘掌柜陡然地张开双臂，哨声戛然而止，远处的黑影纵身跃起将叶夫人扑倒在地。

"啊——"叶夫人发出一声惨叫，叶员外连头都没回，一口气跑到戏台。

"石狮兽又来了，又来了！"叶员外哪里还有素十城城主的威严，他竟躲在钟夭夭的身后。

"快去救人啊！晏瑶贝！"钟夭夭催促。

晏瑶贝默然地盯着远处，摇头道："叶夫人没有危险。"

"啊？"钟夭夭木讷，叶夫人从地上爬起来，一瘸一拐地走过来，那黑影没有追咬她，也不再追赶她，竟然蹦跳地跑到戏台，窜到康白玉的身旁。

"是猞猁！"黄掌柜不敢相信自己的眼睛，"是猞猁！"

169

这的确是一只猞猁，比寻常猞猁体型大了许多。猞猁趴在康白玉的脚下，乖巧地像一只温顺的小花猫。

钟夭夭恍然大悟地指着猞猁，转向刘掌柜："凶手是你，你利用先人留下的铁哨御兽，指挥这只猞猁咬死了穆阿叶。"

刘掌柜阴森地盯着铁哨，没有承认，也没有否认。沉寂中隐藏着看不见的暗涌，这样的沉寂比纷乱的喧嚣更可怕。

"还有你！"钟夭夭又咄咄逼人地指向康白玉，"这只猞猁是你养的，你故意借给刘掌柜，你就是帮凶！"

康白玉摩挲着手，脸上蒙上一层暗暗的灰色。

"呜呜——"叶夫人哭哭啼啼地走到叶员外的身边，叶员外的神情很慌乱，叶夫人的脸色也不好看，两人将貌合神离展现得淋漓尽致。

有时候，残忍的真相是一把锋锐的双刃剑，既伤人又伤己。天不遂人愿，将那份美好撕得支离破碎，每个碎片上都啐着毒药，侵蚀着他们的心、他们的身体。他们只能用自己的方式去呐喊、去求助、去犯错，他们犯下了一生也无法偿还的错。那不是错，而是沉沦的罪恶，他们变成了恶人。

今日就是终止罪恶的日子。

云离安疼爱地看向晏瑶贝："长安县丞该出马了。"

晏瑶贝神色凝重地站了出来。

刘掌柜主动交出铁哨，惨笑道："我是凶手，是我杀了穆阿叶。"

"你？"晏瑶贝漫不经心地接过铁哨，"这哨子还真有几分鸣镝的样子。"

"那是自然，这铁哨是我刘家先人在丝绸路上的护身符。"

刘掌柜骄傲地说道。

"你既然说自己是凶手，那就说说是如何杀人，如何移走门口的石狮兽，又是如何移回来的？"晏瑶贝蹙眉，死死盯着刘掌柜。

刘掌柜昂起头："穆阿叶羞辱我，我多次求他，他更变本加厉地羞辱我。我拿不到素十城的手实，茶叶无法在素十城转运，只能冒险一次次地闯大漠，损失惨重。最后一次，货没了，连跟着我盛丰茶肆多年的伙计都死了，我恨穆阿叶，我恨他！我早就想杀了他，我和康白玉买了这只公猞猁，日夜在府中训练，昨夜终于找到机会。我带着猞猁偷偷潜入府内，借着穆阿叶喝醉的时候，吹响了铁哨，放出猞猁。猞猁咬断了穆阿叶的喉咙，看着他死在我面前，我好痛快，好痛快！"

"然后你就大摇大摆地走出叶府，搬回了藏起来的右侧的辟邪石狮兽？"晏瑶贝又问。

"对！"刘掌柜痛快地点头。

"你确定是右侧？"钟夭夭听出了门道儿。

刘掌柜点头："是！"

"你说谎！"钟夭夭大喊。

晏瑶贝目光一闪，接着说道："你的确说谎，凶手移走的是左侧的辟邪石狮兽。不过，即使是右侧，你也移不动，那石狮兽的底座是实打实的白玉石，以你的臂力根本搬不动。你真的是凶手？"

晏瑶贝死死地盯着刘掌柜。

刘掌柜面如死灰，反反复复："我是凶手，我是凶手！"

云离安挑着眉，认真地说道："穆阿叶的致命伤在颈部，的确是被尖锐的爪子抓伤的，只是伤口边缘是黑色。"

"这是什么意思呀？"钟夭夭不解。康白玉微颤了一下。

云离安解释："被动物的爪子抓伤，伤口边缘不会变色，只有干涸发暗的血迹。只有……"他看向晏瑶贝。

晏瑶贝蹙眉说道："只有铁器留下的伤口才会变黑，铁器如果陈旧，伤口上还会留下铁锈。"

"啊？"钟夭夭瞪大眼睛，"这么说刘掌柜利用猞猁咬死穆阿叶还不解恨，还亲自动手杀人？"

"呃！"晏瑶贝差点笑了，听闻钟离辞文武双全，钟家是大儒之家，武侯之后，钟夭夭真的是钟家的子孙吗？

"是不是被我说中了！"钟夭夭大言不惭地晃动着脑袋。

晏瑶贝白了她一眼："你说得很、不对！"

"啊！"钟夭夭捂住了嘴巴。

云离安轻轻咳了一声，看向康白玉："事到如今，康掌柜还要再隐瞒吗？"

"我……"康白玉的指尖滚烫发热。

晏瑶贝重敲一锤："你知道刘掌柜对穆阿叶的仇恨，故意将猞猁卖给刘掌柜，然后利用刘掌柜御兽的本领，做出一场辟邪石狮兽杀人的假象。"

"那刘掌柜呢？"黄掌柜震惊。

晏瑶贝瞄了一眼刘掌柜，细心地说道："昨晚，刘掌柜确实带来了猞猁，不过，他应该没有进叶府，只是贴着坊墙在叶府外面吹铁哨，他以为是自己御兽的本领让猞猁杀了穆阿叶。康掌柜就是利用他的懦弱和自以为是，实际上猞猁并非是大漠的狼群，这只猞猁正是壮年，躁动些罢了，即使没有哨音，也

172

会乱跑的。昨晚，猞猁扑倒了醉酒的穆阿叶，康掌柜用看家本领——铁爪凿碑的方式杀了穆阿叶，把穆阿叶的尸体拖到戏台，伪装成穆阿叶是被石狮兽杀死的。"

"那他是如何在短时间内移走门前的石狮兽，又送回来呢？"钟夭夭困惑。

"这对我们来说很难，对康掌柜很简单！"晏瑶贝微微一笑，"康掌柜是石匠，搬石狮兽并非难事。他事先把辟邪石狮兽搬走，藏在门前的沟渠，所以叶员外、叶夫人和巡逻的武侯才没有看到辟邪石狮兽。他杀了穆阿叶之后，利用武侯在叶府搜查的空当儿，逃出叶府，将沟渠里的辟邪石狮兽搬出来，重新立在左侧，不过他忘记了辟邪石狮兽原来的位置，放错了半尺的位置。"

"你怎么知道他将石狮兽藏在沟渠呢？"钟夭夭又问。

晏瑶贝笑了："那尊辟邪石狮兽沾染了沟渠里翻出来的淤泥，我推测，康掌柜的鞋底同样也沾染了淤泥！"康白玉像钉子一样站立，脸色白得瘆人。

钟夭夭大喊："原来如此，一切都是你故弄玄虚！"

"晏家人果然厉害！"康白玉从腰间的暗囊里取出五个小巧、锃亮的铁爪，分别套在右手的五根手指上。这是陪了自己几十年的铁爪，已经是他身体的一部分。

康白玉张开铁爪，锋利的铁爪在朗朗的阳光下发出一道道血光。

"是我杀了穆阿叶，他不该死吗？"康白玉冷语地指向叶员外和叶夫人，"他们来长安城这三个月，逼死了东市和西市多少个掌柜？敛了多少财？我是在替天行道！早知道如此，昨夜也不该留着你们这对祸害！"

"啊！"叶员外和叶夫人的脸上充满了惶恐。

云离安蹙眉道："我有一事不明，茶叶、陶瓷、丝绸这些都是丝绸路上常见的货物，他们的确想得到素十城的手实。可是你们康家石铺以石活儿为主，石活儿沉重，一般都是就地取材，这丝绸路路途遥远、凶险，从未有过石活儿的生意，你根本不用讨好穆阿叶，打素十城的主意！"

"哈哈——"康白玉放声大笑，那恐怖的笑声仿佛地狱里的嘶吼。他突然将铁爪挥向了自己的喉咙。

"拦住他！"晏瑶贝大喊。

云离安迅速扣住康白玉的手腕，可惜为时已晚，那铁爪的中心竟然又生出更细、更长的铁爪，穿透了薄弱的喉……

康白玉倒在地上挣扎，干涩的唇似乎想说什么。云离安俯下身，无声地读出了康白玉的临终之语。

云离安的脸色变得凛然，他头也不回地拉走了晏瑶贝……

傍晚降临，黯淡的天边缓缓地散去温暖的余晖，闷热的空气里凝固着生离的欢喜。晏瑶贝和云离安送走难缠的钟天天，悄悄地出门了。

两人绕过寂静的巷口，那纵横交错的路组成了复杂的迷宫，走错一步便是万丈深渊。她和他却无所畏惧地拨开云雾，一路前行，因为路的前方是另一座清澈安宁、繁花似锦的长安城。

两人来到一处不起眼的私宅，暗处有两个争执的声音，一男一女，句句不离钱财，字字不落利来利往。

"若没有我，你能穿金戴银吗？"

"若没有我，你能拥有这么多财物吗？"

"穆阿叶那份是我的！"

"是我的——"屋内传来杯盏落地的清脆声音。

晏瑶贝和云离安同时推开了那扇阻隔丑陋的木门，扭打在一起的叶员外和叶夫人傻了眼。

"你们，你们怎么会知道这里！"叶夫人颤抖地问。

"是康白玉告诉我们的！"云离安说道。

"他？"叶员外面带惶恐，"他怎么会知道这里！"

"因为从你们踏入长安城的那一刻，他就知道你们是假的。"晏瑶贝重语。

"我们，我们……"叶夫人有些语无伦次。

晏瑶贝盯着木箱里的金银细软，更进一步："你们没有想到吧，叶家和康家是世交。素十城现任城主为叶默城的后人——叶之幻，他与康白玉为挚友。叶之幻常年与康白玉互通书信，此番叶之幻以寻常百姓的身份来长安城也是受了康白玉的邀请。康白玉迎来的却是你们，康白玉以手实为名多方试探，才得知，叶之幻夫妇被穆阿叶在大漠谋财害命，穆阿叶雇佣你们两人假扮叶之幻夫妇，贪婪地继续敛财。康白玉这才会对穆阿叶痛下杀手，而没有杀你们！"

"叶员外"胆怯地跪倒在地："我叫吴雷达，是客栈里表演戏法的伶人，你说的这些，我什么也不知道，穆阿叶雇我冒充素十城城主啊。"

"我也是。""叶夫人"哭哭啼啼，"我叫红素娘，是客栈的厨娘，穆阿叶让我冒充城主夫人。每天让我们背诵诗词，谁背得多，工钱就多。"

"为了钱，就忘记了道义吗？"晏瑶贝痛斥。"叶员外"和"叶夫人"颤抖得不敢抬头。

云离安语调微冷地说道："我和晏县丞调查过你二人，你二人整日在长安城享乐，贪图富贵是真的，害人的事情的确没有做过。念你们一时糊涂，犯了错，以往的过错可既往不咎。"

"如果你们二人实话实说，我还可以允许你们二人拿些金银细软离开长安城，回到故里。"晏瑶贝端起了县丞的官威。

吴雷达和红素娘激动地点头："晏县丞尽管问。"

"穆阿叶给过你们什么吗？"晏瑶贝紧紧盯着两人的眼睛。

"这……"吴雷达和红素娘面带犹豫。

云离安提醒道："你们来长安城三个月，想必也知道长安城眼下的形势。且不说官府是否追究你们假冒素十城城主夫妇的罪责，即使官府不追究，只要消息一出，东市、西市那些掌柜的是否能放过你们？丝绸路上的商队能放过你们？叶之幻的属下能放过你们？别说长安城，就连安仁坊你们都走不出去。"

"公子真的能放我们二人平安离开长安城吗？"红素娘问。

"那就看你们的决定了！"云离安的眼底满是暗芒。

"拿出来吧。"吴雷达小声说道。

红素娘交出一把铜钥，铜钥上交错地刻着十二时辰。她抿着唇说道："这把钥匙是我从穆阿叶那里偷来的，密盒藏在穆阿叶卧房的神龛里。他说，只有铜钥也打不开密盒，还必须对准铜钥上的时辰和密盒上的颜色。"

"他还说只有住在辅兴坊的晏家后人才能打开盒子。"吴雷达老实地回答，"我们去辅兴坊问过几次，人家都说晏家没有后人了。"

"辅兴坊！"云离安会意地看向晏瑶贝，晏瑶贝正摩挲着铜钥上的刻字，那微微的红光照亮了那张娟秀聪慧的小脸……

夜色渐深，两人匆匆回到晏府，宽敞的正堂燃着提神香，寂静的屋外偶尔飞过几只外出捕食的雀鸟，隐隐地从旧苑太极宫传来报时的鼓声。

坐在小坐床上的云离安捡起小青竹的竹夹依次夹出肉蔻、桂皮、花瓣，还加了翠绿的茶末和碎盐。他将茶壶重新烧沸，用浸满茶色的竹篾滤出茶渣和污浊之物，再将热茶倒入醒茶的子母杯，茶香袅袅沁人。当茶色清亮变浅，他分别为自己和晏瑶贝添在小茶碗里。

晏瑶贝小啜一口，赞不绝口道："好茶！"

"这是懒人煮茶的方子。"云离安提着茶壶坐到晏瑶贝的对面，几案上是摆放整齐的荷包和宝石，其中一颗雪青色的宝石尤为闪耀。

晏瑶贝放下小茶碗，夹起一颗小贝片压在铜镜的背后，压住了那束穿透而出的光芒。

云离安指着几案上的酉时雪青的荷包，说道："康白玉的祖上也拥有十二颜色宝石之一，康白玉在杀穆阿叶之前，将这颗雪青色宝石压在了右侧的那尊辟邪石狮兽的下面，他相信有辟邪石狮兽的保佑，雪青色宝石不会落入歹人之手。"

晏瑶贝点头："是啊，现在问题的关键是如何打开这个盒子。"她原本以为只要按照之前得到的线索，对应时辰和颜色就能打开叶之幻留下的盒子。可是她和云离安尝试了多次，都失败了。看来长生殿的秘密不止时辰和颜色如此简单，背后还隐藏着不可知的秘密。

当年叶默城为十二人之首，想必掌握着最重要的信息。

晏瑶贝又捡起两颗小贝片分别放在代表叶之幻和康白玉的位置。除此之外，她还将对应的小贝片放在云娘、郭贵的位置，根本毫无线索。

这似乎是一场没有正确答案的考试，赌的却是命！

正堂内白烛燃了一半，晏瑶贝用尽了所有办法，始终无法拼凑成完整的图案。那一颗颗光滑的小贝片倔强地跳出原有的位置，都不想接受算定的命数。

云离安一直在看信函，他顺手拿起几张泛黄的信函，缓缓说道："我找到了康白玉、云娘、郭贵的祖上，他们分别住在长兴坊、丰安坊、安善坊。"

晏瑶贝按照云离安所述，调整了铜镜背后小贝片的位置，多个小贝片组成了一张星图，星图的剑锋指向了西北。

云离安望向堂外，淡淡地说道："长安城的西北是皇家禁苑，最出名的就是感业寺，天后曾在寺内修行两载。"

"天后？"天下谁人不识天后？这是一位在历史上留下浓墨重彩的女子。晏瑶贝眯着猫眼，盯着一颗颗小贝片，眼前一下子亮了，那分明是反卦！

她捡起压在铜镜中央的小贝片，无形的光冲出黑暗，一切了然。

"颠倒乾坤，阴阳相克！"

云离安也想到了，他低沉地说道："长生殿的密钥被天后更改过，她颠倒了十二时辰和十二种颜色的顺序。"

"没错！"晏瑶贝拿起铜钥插入盒子的锁孔，按照相反的顺序——对应时辰和颜色。

"咔"的一声，盒子开了。

晏瑶贝喜出望外地拿出未时朱槿色的荷包，里面是一枚朱槿色的宝石戒指和一封信函。

夜色迷人，清淡的月色将阙楼的屋檐、坊墙上的灰瓦、城墙上的旌旗都染成了灰色，偌大的长安城沉入了冰冷的潭底，变得晦涩、暗淡，又神秘莫测。没人知道暗处的危机，更没有人知晓惊天的杀局。只有勇者一次次地沉入潭底，去摸索、去触及、去寻找真相。

云离安伫立在大堂前，晏瑶贝站在他的身边，两人的脸上是坚定的信心。

"真的没有想到长生殿的密钥会被天后更改！"晏瑶贝的推测没有错，为首的叶默城掌握着最重要的秘密。

盒子里的那封信是叶默城在垂危时留下的，信函上讲述了高宗朝一件惊天动地的大事。显庆六年二月，帝后争权，高宗下令改元龙朔，推行新政，包括改易百官诸司，龙朔三年，又改元麟德。所有的新政都针对着天后，直到天后放手，新政废止。

但是天后窥得天机，意外得知了长生殿的秘密。天后更改了长生殿的密钥，重用了朝堂上的十二位亲信，称呼为护石人，叶默城为首，莫明山为终。后来这十二位护石人有些归顺了李氏皇族，有些散落民间，远离长安城。叶默城在天后的授意下远走到素十城，素十城城主的印章上隐藏着叶默城的名字。

"十二位护石人从未相聚过，安史之乱时，也并没有开启过长生殿，那只是大唐的命不该绝。那这一次呢？"云离安心情沉重地说道。

"陛下也早就知晓这个秘密，他没有告知你我真相。"晏瑶贝面带伤感。

云离安点头："此刻的大唐才是落日余晖，陛下将一切的希望都寄托在长生殿，若大唐覆灭，天下又将生灵涂炭，受苦的总是黎民百姓。"

"是啊，现在，我们拥有子时百草霜色宝石、丑时玄色宝石、寅时鸦青色的荷包、卯时妃色宝石、辰时秋香色宝石、巳时琥珀色宝石、午时胭脂色宝石、未时朱槿色宝石，酉时雪青色宝石。除了在红手门手里的鸦青色宝石，还差申时萱草黄色宝石、戌时竹月色宝石和亥时月白色宝石。"晏瑶贝的胸口阵痛不止，她知道这是尼雅马利的威力，"那太祖父和太祖母为何会留下毁长生、保大唐的话呢？"

"我们会找到答案的。"云离安仰望头顶的月，别人眼里的弦月在他的眼里是那轮无法修补的残月。一种发自心底的寒意和失落弥漫在五脏六腑，再扩散到身体的各个角落，他很痛，痛到极致。尼雅马利的药效比他想象的更急、更猛烈，此刻她和他的感受是相同的，她却是那般淡定。

"疼吗？"云离安环住晏瑶贝。

"我们活不到十天，是吗？"晏瑶贝痛苦地问。

云离安从荷包里取出一颗色彩斑斓的药丸，这颗药丸很大，发出浓郁的花香，和上次的小药丸大有不同。这是世上唯一一颗尼雅马利的解药。

他溺爱地拂过晏瑶贝的发髻："乖，吃了它，就不疼了。"

晏瑶贝迟疑地吞下药丸，紧紧地抱住云离安，笨拙地撬开他的唇，送出半颗。她含含糊糊地说道："一人一半。"

云离安用舌尖推出药丸，浑身燥热地低吟道："我们两个人都会死的！"

"那就一起死！"晏瑶贝又决然地送了回去……

第五章　镖局夺命案

怀远坊紧挨着西市，是长安城最喧嚣的街坊，街道两侧栽种着枝叶茂密的槐树。这会儿，阳光明烈，照得粗壮的槐树翻起了茂密的树叶，放眼望去，仿佛整条街坊都挂满了悲伤的白花。

长生镖局的门口围满了人群，钟夭夭扯着嗓门子维持着秩序。一辆疾驰的马车飞速而来，钟夭夭兴奋地迎了上去，晏瑶贝和云离安神色凝重地走下马车。

晏瑶贝谨慎地问道："怎么样？"

钟夭夭避开人群，小声应道："长安城最大的镖局——长生镖局昨夜遭人暗算，长生镖局的掌门人莫连成遇害。萧锦林带着老仵作来过了，说此案涉及太多，归大理寺查办。卢尹去了神都，大理寺少卿告病在家。所以，现在无人查办此案。"

晏瑶贝默默点头，在来时的路上云离安已经告诉她莫连成是莫明山的后人。她和他仔细回忆了近来的不平事，长安城有一股不明的势力在背地里搅动着长安城的安宁。

螳螂捕蝉黄雀在后，不幸的是她和他是螳螂，暗处的人是黄雀。黄雀在利用螳螂找出长生殿的密钥，开启长生殿杀局。

这真是天大的讽刺，布下杀局的人要利用困在杀局中的人找出密钥。

晏瑶贝眯着猫眼，仔细观察着周围的布局。长生镖局在西市的西南角，这里是来往客栈云集的地方，大大小小的客栈足有二十余家，夹在客栈中间还有两家规模很大的钱庄和当铺。

天南海北来长安城做生意的商人，依托长生镖局走货带钱，非常方便。这也是莫连成将长生镖局开在这里的主要原因。

"除了莫连成，莫家其他人都好吗？"晏瑶贝问。

钟夭夭点头："昨夜莫连成的师父，他的岳丈，洪武堂的洪尚武过寿，莫夫人和幼子留在娘家未归，才躲过一劫。"

洪尚武？晏瑶贝皱眉。

云离安解释："洪尚武在长安城的名号很大，洪武堂是一家经营百年的武馆，长安城的镖师十之八九都出自洪武堂，莫连成就是洪尚武的大弟子！"

"原来如此！"晏瑶贝推开了长生镖局的大门。

这是一座三进的院落，每一进的院落都由正房和东西厢房组成，第一进院落里是客房；中间的二进院落略大，布局巧妙，屋内的摆设和家具比较精细，这里是莫连成和妻儿居住的卧房；第三进院落在后院，连着后厨和马厩，是下人居住的地方。府内下人不多，都说什么也没有听见。

晏瑶贝、云离安、钟夭夭来到了莫连成的卧房。尸体背倒在地上，背部没有明显的伤口，胸前有尖锐的刀伤，并有一个细小的针孔。他半睁着眼睛，浑身散发着浓烈的酒气。

云离安从莫连成倒地的位置推算，昨晚门没有上锁，凶手推门而入，直奔床榻，用匕首刺入胸口。醉酒的莫连成从床上摔下来，才会后背着地。

晏瑶贝疑惑："为什么床榻上没有挣扎的痕迹？或许凶手

行凶后，将死者拽倒，死者才会背倒在地上。"

云离安摇头："从死者身上的刀伤来看，死者应该是立刻毙命，凶手没有必要拖拽他。哦，对了，我发现死者的嘴里有茶末。"

"是解酒吗？"钟夭夭问道。

云离安摇头："按照常理，醉酒之人喝浓茶解酒或是嚼茶倒也说得通，可是嘴里不可能有这么多茶！"

"会不会是他嚼着茶末睡着了。"钟夭夭继续推断。

晏瑶贝仔细勾连着所有线索，听下人说，昨夜洪尚武过寿，莫连成和年轻镖师们都喝了酒，他们既然能从洪武堂回到长生镖局，就说明他们并没有醉到人事不省的地步。

凶手是如何夺门而入，悄无声息地杀人呢？留恋人间的魂灵徘徊在温暖的人间。突然，外面掀起一股强大的阴风，让人感到窒息的痛。

随即，外面传来悲泣的唢呐声，曲调低沉悠长，仿似平静无云的天空中划过一道锋利的闪电，生生劈开了混沌的世界，惊走了屋檐下的雀鸟。

晏瑶贝、云离安、钟夭夭走出卧房。

一位身穿素白的女子，怀抱着金漆的牌位，领着一个四五岁的男童，从门外走进来。

男童吃力地迈过高高的门槛，幼小的肩膀上扛着一杆旗，又长又粗的旗杆压得他白皙的脖颈上一片通红。

女子身材高挑，眼眶里布满了鲜红的血丝，浑身散发着凌锐的英气。她面无表情地将牌位供奉在桌案上，无声地接过男童手里的旗。黑绒的旗面在阴风地吹拂下缓缓展开，长生镖局四个血红的字，刺眼地出现在众人的眼里。

"我和宝儿都在，长生镖局还没有倒！"她对着门外的人群，大声地说道。

这位应该就是莫连成的夫人了！晏瑶贝发自内心佩服这般坚强的女子，都说习武的女子英气，性情硬朗，抵得过世上的好男儿。她扛着长生镖局的大旗来明志，实在难得。

门外的人群传出一阵躁动。莫夫人转身将旗杆立稳，俯身拉起男童的手，含着热泪道："宝儿，不要怕。从今以后，你就是长生镖局的掌门人。"

宝儿似懂非懂地点头，抬起胖乎乎的小手擦过她眼角的泪，奶里奶气地说道："娘亲，别哭，我会保护你。"

母子情深的画面，深深打动了晏瑶贝。她从口袋里掏出帕子，默默地递给故作坚强的莫夫人："请莫夫人放心，我们一定会找出凶手。"

院落内死一般的寂静，沉浸在悲伤中的莫夫人看着低垂的旗面，失声落泪。云离安摩挲着拇指上的纹路，若有思索地看着门外，幽深的眼底闪耀隐隐的暗芒。

晏瑶贝想询问莫夫人一些关于长生镖局的情况，尤其是莫连成的仇家。可是看到莫夫人痛心欲绝的模样，她又不忍开口。

时间在这一刻似乎停下了脚步，黏稠的血液凝固在十二时辰的命格里，阻挡着指针的脚步。

悲伤、愤怒、无言、伤感、恐惧、同情……复杂的情感交织在一起，冲荡在每个人的心头。

这时，门外喧闹的喊声打破寂静，一位着青色长袍的男子走了进来。

钟夭夭挑眉介绍："这是徐镖师，徐镖师是洪掌门的二弟子，莫连成的师弟。"

云离安接着说道："洪武堂的掌门人——洪尚武，人送外号铁手拳主，尊称他为洪掌门。他们洪家是沧州人氏，在长安城开了上百年的洪武堂，弟子众多。不过，其中有两位最为得意的门生，其一就是长生镖局的莫连成，另一位是徐家镖局的徐镖师。"

晏瑶贝顺眼望去，习武之人，气色和姿势果然是不同的。

徐镖师目光犀利地扫过门前那些神态各异的商人，重语道："从今日起，长生镖局由徐家镖局代管，人手从洪武堂里的弟子抽调。徐家镖局虽然没有长生镖局名气大，但是在这西市也占据一席之地。诸位放心，你们的货都会安全抵达，钱财不会少一分一毫。"

徐镖师的到来彻底解开了僵持的局面，门口的人群悉数散去。

莫夫人这时流下了眼泪。

徐镖师当着众人的面对莫夫人许下承诺，不但会照顾他们母子，还会扶植长生镖局的生意，不会让长生镖局的大旗倒下。

莫夫人感动得失声痛哭，宝儿也皱着小鼻子，流下眼泪。

徐镖师还带来了阴阳师傅，师傅们忙着搭灵棚，办丧事，唢呐师傅鼓起了腮帮子，悲泣的曲调缓缓地回荡在充满血腥的院子上空。

晏瑶贝、云离安、钟夭夭和徐镖师寒暄几句之后，晏瑶贝问起了昨夜的寿宴。徐镖师的话不多，言语间对晏瑶贝多有冒犯，钟夭夭耍起了大小姐的脾气，险些和徐镖师吵起来。

云离安朝晏瑶贝示意，晏瑶贝拉着钟夭夭离开了长生镖局。

"我让哥哥封了你们的镖局！"钟夭夭临走前放出狠话。徐镖师冷笑道："我等着钟护军来！"

临近傍晚，西市正是最忙碌的时候。药铺、钱庄、茶楼、酒肆、当铺、赌坊、玉器铺、杂货铺的伙计都铆足劲招呼来往的客人。

红霞下，三人的身影变成了一把利刃，直直地插在长安城的大地上。

晏瑶贝皱眉问道："他认识钟濯濯？"

"这长安城，谁不知道我们钟家！"钟夭夭傲娇地抬起头，"若不是当年先祖愚忠，这天下，我们钟家也是坐得的。"

"坐天下！"云离安的眸色深了下去。钟夭夭莞尔一笑："嘿嘿，这是我的想法而已！"

晏瑶贝无心钟夭夭的大话，一直在想莫连成遇害的案子，她要去另一个地方，见一个重要的人。

洪武堂！

府邸的大门很气派，画廊的左右两侧挂着白布糊的纸灯笼。钟夭夭敲开了边门，三人从边门走入洪武堂。

洪武堂里面的布局和门前大相径庭，空荡荡的校场上一个人都没有，多了几分萧瑟零冷之意。晏瑶贝拦下一个瘦弱的男孩儿，直接问及了莫连成。

男孩儿摸过腰间白色的孝带，叹气说道："大师兄拳脚功夫厉害，当年在师父的帮助下成立长生镖局。他是火爆脾气，想什么说什么，心里藏不住话，大家都很怕他。二师兄脾气温和，说起话来像文人，大家和他都很亲近。他们徐家祖上就是经营镖局的，在大师兄没有成立长生镖局之前，徐家镖局是长安城最大的镖局。听说，二师兄当年因为师父帮助大师兄成立长生镖局的事，还和师父大吵一架呢。这也没办法，大师兄家境贫寒，师姐偏偏选中了他，师父又只有师姐一个女儿，自然不能让师姐受苦，只能抢二师兄家里的生意。"

"这么说莫镖师和徐镖师有心结？"晏瑶贝又问。

男孩儿摇头："其实，长生镖局的兴起，都是大师兄应得的，当时丝绸路不太平，长安城的镖局没人愿意接镖。二师兄是求稳的人，大师兄便领着一帮弟兄拎着脑袋押镖，走镖，差点死在丝绸路上。一来二去，长生镖局才留下了商家，在丝绸路上蹚出一条路。你们知道吗？我们弟子都希望去长生镖局，大师兄给的工钱多，还能见世面。二师兄保守，工钱也少。本来，大师兄已经应允我去长生镖局了，谁知道大师兄竟然出了事，唉！"他伤感地低下头，理顺着腰间的白孝带，眼里充满了深深的悲凄，还有对未来的迷茫。

晏瑶贝还想再问几句，迎面走来一位年迈的男子。

"我家老爷在书房等三位贵客！"

"哦？"晏瑶贝迟疑地看向云离安，云离安挑开袍摆，淡定地说了一句："既来之，则安之。"

晏瑶贝怀着敬意，在年迈男子的引领下，走进洪尚武的书房。

书房里燃着白烛，泛黄的墙壁上挂着一把刀，刀背上缠着红璎珞，冷眼看去仿佛一抹殷红的血。

洪尚武站在窗前，窗外的松柏映衬着他挺拔的背影，散发出沉寂的落寞。

"洪掌门，请节哀。"云离安缓言相劝。

洪尚武的眸底闪过一道隐隐的痛，他举起手臂，简洁地说道："请……"

洪尚武一改平日里强硬的态度和口吻，卸下坚强的伪装，满脸疲惫地讲述了内心的苦楚。

莫连成是他年轻时从沧州回长安城开办武馆的路上救下的。当时年幼的莫连成被一群无赖围攻，即使被打倒，也始终倔强地站起来，不肯屈服。他就是看中了他这副学武人该有的硬气，收下他做了大弟子。

洪尚武教授他拳法，并把唯一的女儿嫁给他。而且，百年之后，洪武堂也欲交付到他的手中，让辛辛苦苦积累的家业，一脉地传承下去。

可惜老天不公，不公啊！

洪尚武沉痛地闭上双眼，沧桑的眼中闪过星星点点的泪光。

晏瑶贝低沉地劝慰道："事已至此，还请洪掌门节哀，我们正在查案，不知莫连成生前可有仇家？长生镖局可有对手？"

洪尚武放下小茶碗，说道："连成的脾气火爆，凡是与他合作过的商家都被他得罪过。长生镖局是长安城最大的镖局，往来的商户多，生意兴隆，让很多人眼红，至于仇家嘛？"他低下头，"连成昨晚说，他最近接了一趟镖，怕是引来杀身之祸，想让平娘和宝儿在我这里住段时日。以往，这种情况也是发生过的，我便同意了。可是，没想到，昨晚真的出事了。"

洪尚武情绪激动地捂着胸口，痛斥道："若让我知道谁是凶手，我定将他碎尸万段。"

"他有没有说押的什么镖？"钟夭夭快言快语。

洪尚武摇头："此番是暗镖，金主的身份和押镖都是保密的，这是镖局的规矩。"

"哦！"钟夭夭转动黑黝黝的眼珠子，"那要想想办法了。"

晏瑶贝和云离安会意地对视，谁也没有说话。书房一时冷场，三人和洪尚武道别，离开洪武堂。

洪尚武望着三人离去的背影，脸色蒙上了一层隐晦的死气，他忧虑地站在墙上的那把刀下，吩咐道："去徐家镖局，将你们二师兄叫来。"

晏瑶贝、云离安、钟夭夭离开洪武堂，钟夭夭与两人道别，着急地回钟府。晏瑶贝想回辅兴坊，云离安莫名其妙地说饿了，他意蕴深长地说道："我带你去个地方。"

这是西市小巷子里的一家汤饼铺，汤饼铺的老板娘是个麻利能干的妇人，云离安要了两碗汤饼。

热情的老板娘讲起了西市的趣事："长生镖局和徐家镖局为争夺一个暗镖，莫连成和徐镖师大打出手。"

"什么时候的事情？"晏瑶贝侧目。

"有十天左右吧！"老板娘神秘兮兮地笑了，"听说那暗镖价值万贯，长安城的镖局都抢红眼睛了，可是谁能抢得过长生镖局和徐家镖局。可惜啊，长生镖局抢到了镖，却没了命。姑娘、公子，你们说到底是命重要，还是钱重要呢！"

"当然是命！"晏瑶贝脱口而出。云离安将五文钱放在几案上，稳稳地站了起来。

晏瑶贝和云离安再次来到长生镖局，阴阳师傅正在为死者引领枉死的魂灵，披麻戴孝的莫夫人带着幼子宝儿跪在棺材前嘤嘤哭泣，徐镖师神色严肃地守在一旁，眼里满是悲伤。

按照规矩，阴阳师傅会在棺材里施法，投放能够帮助死者在阴间早日还魂的九龙珠。

烦琐的规矩之后，会给死者净身，送死者最后一程。莫夫人疯狂地扑过去，徐镖师也拦不住她。

云离安朝棺中看了一眼，惊愕地说道："是尸斑！"

晏瑶贝目光深邃了下去："我记得下午离去时，还没有出现尸斑。"

云离安点头道："人死之后，血骤停，会在肌肤上形成斑点，也就是尸斑。一般来说，尸斑的形成与死亡时间有很大关系，人死后的一个时辰之内，是尸斑的形成期，尸斑会呈现云雾的模糊形状，不太明显。六个时辰之内，尸斑呈现赤红和朱紫色。死亡时间越久，尸斑会彻底形成，颜色暗紫，无论如何按压，都不会褪色，形状也会由雾状凝聚成条状，最终形成片状。莫连成身上的尸斑已经呈现暗紫色。"

晏瑶贝的语调缓慢了几分："我问过给莫连成净身，穿衣的阴阳弟子，他说，莫连成的尸体更为柔软。"

云离安眸光黯淡地摇头："莫连成是洪武堂的大弟子，练就一身好武艺，精通拳法，拳法最重气力，他是大汉，骨骼比寻常人都要硬，怎么会柔软，是死后变柔软了？难道是尸僵！"

晏瑶贝点头，云离安果然是行家，精通仵作之道。尸僵和尸斑一样，死去越久表现越明显，但尸体的僵硬程度不同，不过在十二时辰之后，僵硬开始缓解，尸体会变得柔软。

目前，从尸斑、尸僵上判断，莫连成的死亡时间至少要提前两个时辰以上，难道他在洪武堂或者是从洪武堂回长生镖局的路上遇害了？

凶手极有可能是莫连成的身边人，更有可能是关系极为亲密的亲人。晏瑶贝重新审视了悲伤的莫夫人，她将莫夫人缓缓挽起，不动声色地问及了关于长生镖局押送暗镖的事情。

莫夫人哽咽："我从不过问镖局的事情，不过这次接的暗镖，连成说一个人就能押送，他真的是一个人押送的。"

"押送的是什么？"云离安也挑起了眉毛。

"不知道！"莫夫人摇头，"连成是骑马走的，连马车都没带。"

轻便之物！晏瑶贝的眸宛如长安的夜。

"师姐！"徐镖师走了过来。

莫夫人抬起头，关切地问道："宝儿……"

徐镖师安慰道："师姐放心，我已经差人送宝儿回洪武堂了，他年纪小，让他回去休息吧！"

晏瑶贝认真打量着眼前的徐镖师，他和莫连成同为洪师傅最得意的弟子，更是洪武堂的门面。

两人各有特点，死去的莫连成身材高大，肤色黝黑，一看就是习武之人。

相比之下，徐镖师更像是温润的文人，他的肤色略白，身姿清雅，眉目间透着淡淡的忧伤，言行举止都恰到好处，极为规矩。尤其与莫夫人站在一起，男子温润风雅，女子清秀美艳，看起来更为般配。

那莫夫人为何会嫁给莫连成，没有选择徐镖师呢？

晏瑶贝仔细观察着徐镖师看莫夫人的眼神，那分明是男女之间的情谊。从长安城百姓口中的门第来说，他的确比莫连成更适合莫夫人。

看上天给了多少缘分！

莫夫人偏偏喜欢上了一无所有的莫连成，这就是缘分！

不知道徐镖师在得知师父帮助莫连成开长生镖局，又将女儿许配给莫连成的消息时，会是怎样的心情？会不会因爱生恨……

天色昏暗无光，灵棚内的烛光在秋风的吹拂下摇曳不安，似乎真成了魂灵留恋阳间的归魂灯。

徐镖师一身风雅地站在灵前，在白纸人的映衬下，温润的脸色显出几分苍白。他叹气道："师兄没有听我的，背着我，接下暗镖，果真出事了！"

"暗镖？"晏瑶贝侧目。

徐镖师点头："是啊，这趟暗镖价值万贯，押送却极为简单，在我们这行都知道，这种叫死镖。送镖之时，就是送死之日。大师兄不信邪，我劝他，他不听，还以为我和他争夺暗镖。唉！"

晏瑶贝脸色深了下去："金主是谁？"

徐镖师摇头："既是暗镖，形同暗网，金主一无所知，押送货物一无所知，送到即可。唉！我知道，丝绸路上不太平，师兄是没有办法才冒险接了死镖啊。"

"那你们徐家镖局呢？"云离安开了口。

徐镖师语气伤感地说道："我们徐家镖局自开元以来，在长安城经营上百年，历经盛世，行镖西域，无人能敌，结果呢？大唐不再是大唐，我爷爷不服气，死扛到底，最后死在大漠。师兄怎么就想不通呢！"

晏瑶贝微微挑起细眉，仔细观察着徐镖师。且不论他言语的真假，单单从话面的意思，都和洪掌门出奇的一致，这就是言辞导向。

先秦百家争鸣之时，谋士行走天下，靠的就是满腹经纶和舌尖生花，让当权者信服自己的观点。在三国时，更有诸葛先生一人舌战群儒的好戏，这都是言辞导向。

一般来说，两个人闲谈，谈天南海北，醉酒当歌，仅仅是闲谈。可是，一旦两个人的谈话进入谈判模式，双方带有各自的利益时，便发生了翻天覆地的变化。

谁准备得充分，谁的理论强，谁的言语就更有说服力，就会打动对方，击败对方。言辞导向是文人间常用的方法，用强有力，令人产生共鸣的话语来引导对方的想法，让对方的想法跟着你的思维走，从而信服你，达到你的目的。

徐镖师和洪掌门的话语都具有这一特点，他们把莫连成接暗镖一事无限放大，是想让她去查暗镖？

晏瑶贝的脑海中飞速运转着复杂的案情，她话锋一转，试探地问道："案发当晚，也就是洪掌门寿辰的那天晚上，徐镖师也一定在场。在寿宴上，莫连成有什么异常的举动吗？"

徐镖师捡起落在白纸人帽子上的黄纸钱，回忆道："师父寿辰的那天夜里，师兄的心情不好，一直在不停地喝酒。离开洪武堂的时候，站都站不稳，是长生镖局的镖师将他抬走的。"

这时，从门外跑来一个下人，他踮起脚尖在徐镖师的耳边说了几句。

徐镖师的脸色微变，黑暗的眼底划过一道不经意的痕迹，他拱起双手，客套地说道："诸位，家中出了急事，在此别过，长生镖局的案子还请诸位费心。诸位有疑问，可以随时来徐家镖局寻我。"

徐镖师和下人匆匆离去，灵堂内的气氛变得诡异。

晏瑶贝想起了另一条线索。

"是金骏眉？"晏瑶贝挑眉。

"是的，金骏眉泡得久，最是解酒。"莫夫人点头，"平日里，夫君也最喜欢喝金骏眉。"

晏瑶贝心惊，原来莫连成是在寿宴遇害的，嘴里还没有来得及咽下的茶末就是证据。可是，这怎么可能呢？洪武堂办寿宴时，弟子众多，如果莫连成遇害，怎么会没人发现？凶手又为何费劲气力地在他的胸口插一刀？

"莫夫人，莫镖师在寿宴上可单独出去过？"云离安眉锋一抖。

莫夫人的眸心闪过明亮的光，径直说道："他去过爹爹的练武房。"

秋风瑟瑟，厚厚的云层遮挡着温暖的光。天空更加昏暗，夜幕提前降临。

晏瑶贝和云离安来到洪武堂的练武房。

练武房的墙壁上挂着一副巨大的字画，醒目地写着尚武两个字，字迹工整苍劲，一笔一画都渗透着强大的功底和腕力。

洪尚武穿着青衣长袍，腰间系着墨色的布带。他正在打拳，身姿挺拔，拳风凌厉，在收回最后的拳风之后，他双手合并，气脉顺过丹田。

"两位查得如何了？"他冷冷地问道。

云离安紧紧盯着洪掌门的双眼，一针见血地指出："我们已经查到了很多线索，通过验尸，我们可以判断出莫连成在寿宴上就已经遇害。洪掌门，明人不做暗事。你是尚武之人，信仰尚武精神，你何苦要说谎。"

晏瑶贝重敲一锤，"是啊，洪掌门，死去的是你的徒弟，也是你的女婿。你不想早日抓到凶手吗？"

洪尚武羞愧地叹气："那暗镖是我让连成接下的。唉！"

他仰望着墙上的尚武二字，痛彻心扉地捶着胸口，重叹："我真是没有办法，洪武堂扬名长安城，教授无数的弟子。我不能眼睁睁地看着洪武堂人丁凋零，日益败落。我不甘心，不甘心啊！在洪武堂最辉煌的时候，我站在这里，数百个弟子跪在地上叫我师父，那是何等的场面，何等的风光，我不能让洪武堂关门，更不能让潜心研究的铁拳失传，只能出了下策。"

云离安摩挲着拇指上的纹路，在空空荡荡的练武房里缓缓踱步，问道："你广收弟子，并为弟子安排进镖局？"

洪尚武点头："是啊，世道乱，都想吃口饭，我洪武堂打出了弟子进镖局的承诺，的确迎来了满门弟子的盛面。洪武堂的大门前总是排着长长的队，一直延续到巷口。不过，进弟子容易，送弟子难啊！徐家镖局有百年历史，镖师几乎都是子一代，父一代，而且徐家镖局押镖的线路单一，无法接纳太多的弟子，徐镖师勉为其难地接收几十个弟子之后，拒绝了我提出的要求。这样一来，接收弟子的压力都压在连成的长生镖局。可是，日子久了，长生镖局的运力有限，也无法接收太多的弟子。没有办法，我让连成去接暗镖！"

暗镖来自长安城的暗网，行上称为死镖，谁接了镖，都是要死人的。洪尚武怂恿莫连成接下暗镖，既挣了钱，又能悄无声息地减少镖局子弟，一举多得，无非是多给些钱财安抚家人罢了。

起初，莫连成不同意，耐不住洪尚武的哀求。接下几番暗镖下来，莫连成良心不忍，不想再接。洪尚武却深陷广收弟子的虚荣，逼迫莫连成。莫连成无奈，只能同意。洪尚武没想到的是，这趟暗镖莫连成竟然亲自押送。

洪尚武回忆起与莫连成激烈争执的那一幕，心情沉重痛哭："是我的私心害了徒儿，是我害了他啊。如果不是我，他怎么会在寿宴喝闷酒？他怎么会轻易地被凶手害死？他自幼跟着我学拳，正是年轻力壮的时候，拳法不在我之下，十个大汉也不能近他的身。都怪我，都怪我啊，我惹了他不痛快，让凶手有了可乘的机会。"

云离安停下脚步，不经意地转向洪尚武，问道："洪掌门武艺精深，早年曾经行走江湖，可曾知道一种暗器，可以刺入胸口上的穴位，令人暂时失语，头脑失去清醒，渐渐进入混沌，最后麻痹死亡？"他警觉地抬起头，直视洪掌门的双眼。

洪尚武惊愕，"你是说……"

云离安默默点头。

晏瑶贝串联所有的线索，钦佩地看向云离安，原来他一直将针孔的线索留在心里，想当着洪掌门的面问个清楚。

洪尚武宽宽的额头上挤着深深的皱纹，说道："有一种将毒针借助各种掩饰的工具吹进固定穴位来杀人的暗器，江湖上称为吹矢。这种暗器，已经很久没有出现在长安城了。"他猛地抬起拳头，静止的空中划过凌厉的拳风，"是他，是他！"

　　他的双眼布满了血丝，内心激荡着无数破碎的浪花，每朵浪花都狠狠地砸着他柔软的心，用凤凰涅槃的惨烈方式染成了刺眼的红，满目的红。他不敢再听，不敢再问，只能像游荡在阴冷地狱中的游魂鬼魅，佝偻着瘦弱的后背，穿过狭窄的人生甬道。他的步子很慢，很慢，似乎用尽一生的时光也走不完。他含着泪，咬着唇，不停地走啊，走啊。他看到了前方模糊的灯光，灯光下一排排无声的暗影，他伸出手，想去握住跃动的暗影，喉间却一阵咸腥，他已分不清是泪水还是鲜血，他好累，累得喘不过气。当真相如此虐心时，他才知道，他是如此渴望耀眼的阳光，他是如此渴望策马肆意地奔跑。但这一切，都成了奢望。当年英勇的拳师已经双鬓雪白，他心中的灯灭了，他的眼前一片黑暗，他的心里一片黑暗，他融入了黑暗，成了黑暗中真正的鬼魅。他终于倒下了，倒在甬道的尽头。

　　一道寒光闪过，洪尚武直挺挺地倒在地上，太阳穴上扎着两根毒针。

　　云离安将晏瑶贝护在身后，窗外传来一阵躁动！

　　"洪掌门！"钟夭夭带人从外面冲进来。

　　洪尚武睁着双眼，凝着一口气，吃力地爬向尚武两个字，无力的手终是落下。

　　窗外秋风阵阵，屋檐上的白绫花在空中摇摆不定，宿命中，安排了所有人的命数，满月的白绫竟然变成了自己的白绫。

面对突如其来的祸事，屋外的弟子乱成一团。

晏瑶贝心情沉重地看向死去的洪掌门，凶手能够顺利进入洪武堂，目标准确地杀人，定然是对洪武堂熟悉的人。

真是徐镖师？一想到他在灵棚里慷慨激昂的言辞，晏瑶贝的心情沉寂到谷底，罪恶到底会无耻到何等的地步？

"出来吧！"晏瑶贝对着窗外大喊。

徐镖师死死地握着腰间的竹笛，走了进来。

"长安神探的后代果然厉害，你们竟然查到了这里！"

晏瑶贝怒语："是你在寿宴上用吹矢的手段杀了莫连成。"

"没错，就是我！"徐镖师的手放在腰间的竹笛上。

"小心！"云离安抓起小桌案上的茶碗掷去，徐镖师身手敏捷地避过，腰间的竹笛却遗落在地。

钟夭夭勇敢地冲过去，用脚勾起竹笛，握在手心："怎么？想销毁证据？还是想故技重施害人？"

"你……"徐镖师目光狠辣地盯着她，眸心闪过一道黑影。

"为什么要杀人，他是你的师兄啊。"晏瑶贝痛斥。

徐镖师放声大笑，笑声中掺杂了几分凄惨："为什么杀他？我和他有夺妻之恨，有夺家之仇，我必须要杀他。我徐家有吹矢的独门绝技，人在中毒后，不会立刻毙命，只会让人说不出话，感觉不到疼痛，最后意识模糊，混沌而死，此事只有师父知道。师父寿宴那晚，我将毒针射入大师兄的胸口，让他说不出话。其实，他在离开洪武堂，回长生镖局的路上，已经是半个死人，根本不用我出手杀他。我故意在胸口扎上一刀，又将他移在床下，做出掉下床的假象，那是为了蒙蔽你们查案而已。"

"你爱慕莫夫人，你的师姐？"晏瑶贝追问。

徐镖师陷入痛苦的往事："父亲送我到洪武堂学拳时，是徐家镖局最败落的时候，他希望我能够借助洪武堂的力量，重振我徐家镖局。洪掌门？哼，我那个所谓的师父，他是无耻的小人。"

徐镖师的眼里充满仇恨："他贪图我徐家镖局的声势，表面对我极好，还找来我父亲，要将师姐许配给我。当时我欣喜若狂，洪武堂和徐家镖局联姻，对彼此都有极大的好处，可是我没想到，我没想到……"

明亮的烛光垂直地映在徐镖师愤怒的脸颊，生出了杀意："我以为遇到了天底下最好的师父，没想到他一直在欺骗我，什么联姻？是利用，是霸占，他想借着徐家镖局败落的时机，将徐家镖局变成第二个洪武堂。将我踢出门外，让师兄和师姐接手徐家镖局。"

晏瑶贝费解："此话从何而来，你不是爱慕莫夫人吗？何况，洪掌门只有一个女儿，他百年之后，洪武堂只能传给女儿，他为何要霸占徐家镖局呢？"

徐镖师的语气愈加的冰冷："百年之后？恐怕没等到他百年之后，徐家镖局的名号就没了。"他紧紧握着拳头，"师父对师兄有救命之恩，师兄对师父的话言听计从，无论师父让他做什么，哪怕是杀人放火，他也不会摇头。正是他的这份忠心，师父才如此看重他，喜爱他。"

徐镖师反问道："你们都以为我爱慕师姐，因爱生恨杀了师兄吗？"

"难道不是吗？"晏瑶贝淡定地应道。

"哈哈……"徐镖师温润的脸上流露出几分凄凄，"你们都错了，你们都只看到了表面。"

"你是说，你和莫夫人才是情投意合的一对？"云离安忽然发问。

"没错！"徐镖师深深喘着，"我进入洪武堂之后，师姐对我极好，我们情投意合，私自定了终身。可是师父他不愿意将师姐嫁给我，做了一个诱骗徐家镖局的假婚局。我像个傻子，被他玩弄在股掌之中。师姐不愿意让我受到伤害，亲口告诉我真相，师父真正的想法是想得到徐家镖局，让师兄来徐家镖局当镖师，统领出自洪武堂的弟子，最后接手徐家镖局，将徐家镖局变成洪武堂的产业。他的如意算盘打得太过精明，也太过无情。师姐不愿看到我痛苦，更不愿我失去徐家镖局，成为家族的罪人。她拒绝了我们之间的婚事，假意说心里没有我，她喜欢的人是师兄，师兄欣喜若狂。"

徐镖师的情绪变得激动："师兄是粗鲁的武人，他如何配得上师姐？他们从小一起长大，若是师姐真心喜欢他，怎么会与我定情？她这么做，都是为了我。很快，师父同意了他们之间的婚事，师姐提出来要独自创办镖局，不要再打我徐家镖局的主意，师兄在她的劝说下，同意了，师父也勉强同意。我就是在他们创办长生镖局时出了师门，壮大了徐家镖局，保住了徐家镖局祖祖辈辈传下来的押镖路线，才有今天焕然一新的徐家镖局。我知道，这一切都是师姐帮助我争取到的。正因为她的坚持，长生镖局才会艰难的开辟新的押镖路线，没有与徐家镖局竞争。师姐的心里始终有我，此生，我们却不能在一起。"

他的目光转而怨恨："这一切都是贪婪的师父造成的，他的眼里只有师兄，从来没有我。从我拜在他的门下，跪在他的面前，叩头叫师父那天起，他也没将我当成真正的徒弟，我半点也比不上师兄。可是，一日为师，终身为父。那些年，我是真心将他当作师父，我敬重他，苦心学拳，利用徐家镖局的各方关系为他在长安城铺路。我得到了什么？我所做的都是应该的，都是徒弟对师父的孝敬，都是洪武堂弟子对本门应尽的义务，得到的只有被利用。凭什么？我哪里比不过师兄？我哪里对不住师父？我做错了什么？他为什么对我如此薄情寡义？"

他仰望着窗外漆黑的夜，赤红的眼底生出几分氤氲："还记得有一年开春，春寒料峭，师父染病在床，师兄只知道跪在庙里祈求佛祖。我得到消息，只有远隔千里的渤海有药才能救师父，我独自走镖去了渤海，三天三夜都没有合眼。为了节省时间，我冒险走了开冰的湖面，冰裂坠湖，险些丢了性命。当时我唯一想的就是即使死了，也希望老天一命换一命，我愿意用自己的命，换师父的命。"

他微微仰着头，安宁的脸颊忽然变得狰狞："我的真心换来了什么？换来了他一次次的利用，换来了师姐的放弃。他在用我时，将我唤作徒儿，不用我时，将我无情地一脚踢开。为什么，为什么？"他抱怨地大喊，凄厉的喊声回荡在冷清的夜空，惊了树上的飞鸟。

"师姐，师姐……"他一遍遍重复着深爱的人。

意外的真相惊得晏瑶贝沉默无言，她一直以为徐镖师的杀人动机是因爱生恨，对莫夫人的情爱无果，才对长生镖局痛下杀手，从未想过，他的杀人动机竟然是对洪掌门的疯狂报复。

更没有想到，他和莫夫人才是情真意切的恋人。

那莫夫人在长生镖局在莫连成灵前悲痛欲绝的哭喊，到底是真情，还是假意呢？

从女子的角度来看，或许从莫夫人放弃徐镖师，嫁给莫连成的那一刻起，她的心境每天都发生着逆转性的变化。生活中的点点滴滴冲淡了她初恋时的情爱，她的心里只归属温暖的家，她的丈夫和孩儿。

失去的，再难寻回。

即使寻回，也难以回到当年的热度。

所以，得到时，请务必要珍惜。

只可惜，徐镖师被仇恨蒙蔽了双眼，他一直活在过去。

当然，理不清的情感不仅仅是爱情，还有师徒间的亲情。

莫夫人的放弃是压在他心头的最后一根稻草，从此，他对洪武堂彻底失去了信心，只有无尽的怨恨。

晏瑶贝侧目："暗镖的事情是你设的局？"

徐镖师阴险地说道："哈哈，暗镖的消息是我透露给师父的，我知道大师兄一定会听师父的话，我送他一程！"

"暗镖是什么！"钟夭夭拔出了匕首。

徐镖师变了脸色，固执地摇头："我不知道，我不知道！"

"你真的不知道？"晏瑶贝无意间扫过徐镖师腰间露出的一角红绸带，惊呼，"你是红手门的人！"

"我是为了徐家镖局！"徐镖师执着地说。

"是吗？"晏瑶贝怒问，"你口口声声要保护祖辈传下来的徐家镖局，只记得对洪掌门的仇恨，对长生镖局的仇恨，却忘记了本分！"

"不。"徐镖师为自己辩驳，"论起忘本，是师父教我的，是他为了荣耀，让大师兄接暗镖，我们徐家镖局才不屑接暗镖！"

"所以你投靠了红手门！"晏瑶贝重语。

"我徐家镖局与红手门互利！"徐镖师的脸上写满了不甘和仇恨，"师父既然有霸占我徐家镖局之心，我为何不能有吞并洪武堂和长生镖局之意？我真的很感谢他，他不仅教授了我拳术，还教授了我做人的道理。是他用虚伪的事实告诉我，想得到，就要不惜一切地去争，去抢，去扫除路上所有的障碍。红手门帮助我走镖，我助红手门一臂之力。若这次没有红手门的关系，我怎么会知道有这趟暗镖？我怎么能报仇雪恨！我怎么能吞并洪武堂和长生镖局！哈哈，哈哈……"

徐镖师洋洋自得："师兄和师父都是守旧之人，他们以为练就铁拳就能行走江湖，保护自己，保护家人，那是千年前的事情。现在是乱世，大唐不再，蛮力是行不通的。不如提前准备，将来也能在长安城占据一席之地。"

"混账！"钟夭夭忍耐不住暴躁的脾气，恨不得一巴掌甩在徐镖师的脸上，"亏你出身武家，练就一身武艺，想必幼年也是读过书的，竟然说出如此荒谬的话语，你不配当大唐的子民。"

"那又怎样？"徐镖师冷笑地撇过嘴角，满不在乎地说道，"我师兄当时也和你一样，听我的劝慰之后，一副愤愤的模样，以忠义道义的话语痛指我。我不过说出了你们心里不敢说出的话而已。各位都是见过大世面的人，自然明白眼下的形势，大唐的未来走势到底会怎样？这只是时间的问题。"

"让我来告诉你！"云离安语调坚定地说道："大唐不会亡。或许，我们都看不到，但我们会为之努力！"

"你们……"徐镖师的眼底铺满了震惊。

"金主是谁？押送的暗镖是什么？"云离安敏锐地抓住了重点。

"是……"神色恍惚的徐镖师直勾勾地看向晏瑶贝，他恍惚地摇晃起那条红绸带。

惨烈的一幕再次重现，在那面绚丽的红绸带下是杀人的漩涡，沉浸在悲痛和复仇快意中的徐镖师发出一声惨叫。他惊愕地睁着双眼，不可思议地捂着剧烈疼痛的胸口，艰难地张开唇，字含在唇边，挣扎地在地上划过一道血印，便应声倒地，永久地闭上了双眼。

云离安再次将晏瑶贝护在怀里，柔声安慰道："别怕！"

晏瑶贝屏住呼吸，小心翼翼地抵在云离安的胸口，聆听着蓬勃有力的心跳，她安心地贴了上去。

窗外的槐树下，茂密的树影随风晃动，云离安远远望去，一张美艳的小脸满是仇恨。

长安城一处荒废的宅子里悄无声息地亮着灯。

一阵秋风吹过，烛光摇曳闪烁，挣扎着奔向死亡。可是，就在熄灭的临界点，又一阵秋风吹过，烛光死灰复燃，又袅袅燃起，屋内的人影也在忽暗忽明里变得时而高大，时而渺小。

小小的烛光参透着生和死，真与假的人生哲理，掌控一切的是无形的风，是隐藏在暗处的人。

云娘带着一众弟子和戴着面具的神秘人会面。

"门主，徐镖师已死，暗镖一事……"

神秘人抬起套着皮手套的手臂，轻轻吹过皮手套上沾染的尘灰，嗓音沙哑地说道："徐家镖局舍弃也罢，徐镖师性情柔弱，阴晴不定，容易被感情所累，做不成大事。他与我们合作，也只是想利用我们的手帮他报仇，让他顺理成章地得到心爱的女人。我们利用他，是想通过他布局，这场局里，他本就是一颗弃子。"

云娘冷笑道："没错，他本就是一颗弃子，没想到他在临死前，还贪恋自己的私欲，差点儿说出暗镖一事，他和洪尚武一样，早就应该死。"

神秘人点头："成大事者，必须放弃私欲。"

云娘大笑："这也要因人而论，能力强者，自然能控制私欲，达到自己的目的，就像我。"她傲慢地说道，"我不但要拿回属于自己的一切，也要成就门主的大事。"

"哈哈，哈哈……"神秘人发出更加疯狂的大笑。

云娘和一众人等顺从地跪倒在地，呼喊着效忠门主的话语。

秋风瑟瑟，烛光由一个轮回，反转到另一个轮回。

神秘人高高举起双手，虔诚地看着天边昏暗的孤星，他握紧拳头，死死咬着唇："我才是大唐的王！那是我的长生殿！"

黑暗中的势力像一道密不通风的铁墙，他们的目的就是长生殿！

贪婪的夜吞噬了献祭的鲜血，一切恢复最初的安宁。

洪掌门和徐镖师的死，让扑朔迷离的案情陷入死局，表面上长生镖局的灭门惨案已经大白，但是暗镖到底是什么？

晏府正堂的灯亮了一整夜，淡淡的茶香沁人肺腑，晏瑶贝和云离安从回忆里缓缓地走出来……

晏瑶贝坐在平整的茵褥上，目光闪烁地说道："暗镖的金主是谁，押送的到底是什么？"

云离安放下茶盏，一一理顺几案上的十二色宝石，淡淡地应道："金主应该就是红手门，那日，我在洪武堂外看到了云娘！"

"她！"晏瑶贝的手停在半空，她蹙眉问道，"你们很熟？"

云离安坦诚道："我曾经想通过她，见一见红手门的现任门主！"

"现任门主？"晏瑶贝默默地垂下手臂。

云离安点头："我十分确定红手门的现任门主就在长安城，就在我们的身边，但是他从不现身。如今，红手门在利用我们找长生殿密钥，他们也有自己的目的！"

"无极道人？"晏瑶贝想起了百年前的布局。

"真相就快出现了！"云离安望向正堂外的小花园，"夏末应该回来了。"

说曹操，曹操到。车夫夏末双手捧着一个小盒子，一路小跑地从外面走进来。

"公子，这是莫夫人让我交给你的。"

云离安接过小盒子，缓缓打开，一股清香扑鼻而来。

小盒子里只有两朵枯萎的干花。

"这是萱草和海棠花！"

晏瑶贝困惑地问道："莫夫人说过什么吗？"

夏末恭敬地回道："莫夫人说，这是莫镖师留下的，海棠花是莫家的祖传之物，萱草是莫镖师出事前放进去的。"

云离安目光幽深看向几案上的十二色宝石，缓缓说道："海棠花是莫家的祖传之物，一定与护石人莫明山有关，证明戌时竹月、亥时月白与海棠花有关。至于这萱草……"他看向射覆的晏瑶贝。

晏瑶贝分别取出两颗小贝片落在铜镜上，她伸出手在铜镜上反复挥动，试图去抓捏那道无形的光，双眸盈满了希望的红。

"莫连成接下的暗镖是萱草黄色宝石！"

第六章　长生殿杀局

外面的天渐渐亮了，跃动的晨曦驱散着无路躲藏的黑暗，天地间白茫茫的一片。晏瑶贝和云离安并肩站在屋檐下，长生殿的秘密和尼雅马利的威力同时纠缠、撕咬着两人。

她和他仿佛变成了被无数丝线捆绑的假人，在苦涩无边的大海里漂荡挣扎。如若所有的真相被掀起，倾轧，大唐真的能重回盛世吗？长安城的上空仿佛盘踞着一个巨型的磨盘，磨盘飞速旋转，肆无忌惮地碾压着所有的生灵。有些人自以为站在磨盘之上，其实，每个人都是对方的猎物。她和云离安在长满獠牙的缝隙里剥离着血肉模糊的真相，或许也沾满了无辜人的鲜血。

如今已过五日，除去红手门手里的那颗鸦青色宝石，十二色宝石还差萱草黄色宝石、竹月色宝石、月白色宝石三颗。

云离安几乎动用了长安城内所有的关系，依旧没有找出长生镖局接下的暗镖金主，萱草黄色宝石毫无线索。另外，晏瑶贝冥思苦想了一整夜也没有找出莫家人留下的海棠花与十二色宝石以及长生殿的关系。

这就等于万千艰难的路程已经能看到铺满花瓣的尽头，却停滞在最后一里，偏偏这最后一里没有路，遍布着沼泽、泥潭和深不见底的陷阱。

"如何闯过呢？"晏瑶贝盯着湛蓝的天空，柔软的风将缥缈的白云切割成无数圆润的甲片，仿若织成了一件威风神武的盔甲横亘在天地间。一行健硕的飞雁自由自在地穿梭过盔甲的缝隙，缓缓地消失在遥远的天边。飞雁尚且如此勇敢，她怎么会退缩？

不到最后关头，绝不轻言放弃。

"钟家的请柬上写了什么？"晏瑶贝忽然想起昨夜钟夭夭亲自送来了一张请柬，说邀请她和云离安去钟府赏花赴宴。

她来长安城这些天，整日在一炷香又一炷香间辗转搏命求生，还没来得及仔细看一看长安城美丽的风景，没机会去拜会昔日的旧人。

钟家与晏家渊源颇深，登门拜访也是情理之中的事情。既然钟夭夭下了请柬，准时赴约是一种礼貌。

"时辰差不多了，我们出发吧！"云离安疼爱地拂过晏瑶贝耳边的碎发，"我让夏末准备了阿胶、糕点、剑南春、茶饼还有金疮药，都已经装在车上了。"

晏瑶贝微微点头，他总是这般细心，对她无微不至的好！

"听闻云府和钟府都在兴化坊？"晏瑶贝微笑道。

"那就一起去瞧瞧……"云离安嘴角含笑，眼底满是炙热。

两人用过早餐之后便坐上了夏末赶来的马车，马车出了辅兴坊的坊门，一路向东，过了通义坊就是兴化坊。马车缓慢地在坑坑洼洼的街道上行走，沉重的车轴发出吱嘎的声响。

晏瑶贝挑开帷帘向外张望，"兴化坊"三个字古朴劲挺，透出名家的风骨。云离安指着巷口的云府，低吟道："那就是云府，只是我自幼在辅兴坊住，云府冷清了许多。"

"你一直住在晏府？"晏瑶贝惊讶，她以为云离安是替晏家守府，没想到他竟然以晏府为家。

云离安点头："是啊，不仅是我，我父亲，我爷爷，我太爷爷都住在晏府，晏家和云家本就不分彼此，情谊才会深厚！"他有意地看向晏瑶贝手腕上的金环月。

晏瑶贝有些脸红，这些天一直在查案，几乎忘记了她和他还有婚约在身。若哥哥没有失踪，他们远离长生殿杀局，或许她和他早就是夫妻了。

有人在身边陪伴是多么幸福的事！

晏瑶贝想起了一人一半的那颗药丸。除了苦味，还有淡淡的杜蘅的味道。

这时，夏末在空中甩了三记响亮的空鞭，将马车停在了云府和钟侯府的中间。

钟侯府的小家丁早就在外面候着了，他一溜小跑地赶过来。

"是晏县丞和云公子吗？我家护军和小姐已经在府中等待多时了。"

晏瑶贝和云离安下了车，走进钟侯府。这是一座厚重的府邸，实在是太安静了。府内的每一步，每一景，每一条小径，每一朵小花都安安静静。

连布置好宴请的正堂里的每个物件儿都安静地躺在属于自己的地方，琉璃烛台里的烛火无声无息，十里雪飘的夹缬图沉寂无语。

这是一种发自骨子里的安静，晏瑶贝想到钟濯濯张扬的个性和钟夭夭聒噪的嗓门，她做梦也想不到兄妹二人是在如此的环境长大的。

钟家人果然有趣！

云离安静默地立在画前，画中是一簇忘忧草，叶丛生如蒲蒜，柔嫩细长，花头纹络清晰，层次分明，笔间留白，再添以花蕊、花梗，尾处印着忘忧居士的题跋。整幅画赏心悦目，让人移不开眼睛。

云离安淡淡地低吟道："杯盘深有兴，吟笑迥忘忧！这是我见过的最优美的忘忧草了。"

"哈哈——"钟濯濯从内堂走出来，"这是太祖父的画作，他老人家一生寡淡，尤为喜爱画些花花草草，那幅十里雪飘的夹缬图就是以他的画作描的，没想到云公子眼力这般好，这满堂的名家画作，云公子一眼就看出太祖父的画作来。"

云离安微笑："心境高，才能画出佳作，钟侯爷的画绝不逊于那些名家，而且画中境界远高于名家。"

钟濯濯面带悲色："太祖父若能听到此言，一定非常欣慰！"

晏瑶贝一直未语，钟濯濯的太祖父就是钟离辞，当年与她的太祖父晏长倾分别站在那面莞墙两侧的人，也是她的太祖母沈知意的故人，此人心机极深，当年为给父亲报仇，不惜与鬼王为伍。

如此之人，真的能忘忧？

晏瑶贝想到的是另一句诗句，那只是对美好生活的期待而已。过去的终究过去了，钟府这一代的主人是钟家兄妹。

对了，钟夭夭呢？晏瑶贝左右张望，以钟夭夭的急性子，她早就应该跳出来迎接了。

晏瑶贝猜得很对，钟夭夭的确是跳出来迎接的，手里还拿着一朵盛开的昙花。

"哎呀！你怎么才来啊！"钟夭夭晃动着手中的昙花，零零散散的花瓣散了一地。今日，她没有穿不良人的官袍，而是女儿家的打扮。她穿了一套墨绿色的襦裙，盘着长安城世家小姐最喜欢的螺髻，发髻间还斜插一支御赐的凤尾钗。

她热情地拉住晏瑶贝的手："快和我来，我和哥哥费了好大的工夫呢！"

晏瑶贝迷迷糊糊地被钟夭夭拉扯着，走出正堂。

钟濯濯也对云离安做出手势："云公子，请……"

"请……"云离安举止得体地回了礼。

云府很大，一行人等穿过幽深的小径，来到一处开满昙花的亭前水榭。水榭筑于高处，飞檐翘角，亭台楼阁妙不可言。

水榭内的宴席上摆满了美酒佳肴、瓜果梨桃，两名怀抱琵琶的少女拨弄着细细的琴弦，悠扬的曲调随着袅袅的茶香飘荡而出，生出几分仙间的韵味。

钟夭夭得意道："怎么样？不错吧，这是我和哥哥亲自安排、布置的。"

云离安低吟道："高堂遂宇，槛层轩些，层台累榭，临高山些。此情、此景都是衬得的。"

钟濯濯称赞："云公子才高八斗，忠义两全，若入庙堂，定是陛下身边的肱股之臣！"

云离安微笑："钟护军文武双全，才是大唐之光！"

钟夭夭挑眉："你们就不要互相讨好了，哎，瑶贝姐姐呢？"

晏瑶贝走在后面，正盯着盛开的昙花出神，她仿佛看到了年幼的自己。父亲极为喜欢昙花，更是养昙花的高手。昙花在深夜开花，花期短暂，她和哥哥总是睡过头，错过昙花最美的时刻。父亲为了让他们开心，不知道用了什么办法，昙花竟然在清晨绽放。

记得那天，她睁开双眼，入目的是满屋芬芳的昙花，父亲还抱着她凑到昙花前嗅香，她的鼻尖儿沾了一层厚厚的花粉。父亲用湿润的巾帕为她擦去花粉，告诉她，这是太祖父晏长倾留下的法子。

她以为太祖父是天底下最厉害的人，没想到钟府也养了昙花，如今正值秋季，临近巳时，能让这么一大片昙花同时绽放，难道是昙花神来了？

"这是太祖父晚年留下的。"钟夭夭顺手拽下一朵饱满的花瓣儿，放在鼻尖儿轻轻吹过，花瓣儿纷纷扬扬地飞在空中，有几片还落在了平静的湖面上，激起微波的涟漪。

是钟离辞！晏瑶贝暗暗吃惊，先辈们都是养昙花的高手，或许当年故事比今日更精彩夺目、惊心动魄呢。她欣慰地重复道："此情、此景果然都是衬得的。"

"晏姑娘如果喜欢，可以在府中小住几日，也好替我管教一下夭夭！"钟濯濯难得的好心情。

晏瑶贝客套地摇头："夭夭天真烂漫，心怀忠义，不用任何人管教的。"

"还是瑶贝姐姐好！"钟夭夭笑嘻嘻地眨动大眼睛，"瑶贝姐姐，今天有好多好吃的哦。厨房正在做奶汤锅子鱼和雪婴儿，而且今天还有素蒸音声部！"

素蒸音声部是大唐宫廷宴会上的一道点心，用素馅捏成女乐人的姿态，也就是小面人，放在笼屉里蒸。这道点心费工费时，更重要的是数量众多，足足要七十个。

所以，只有招待贵客或是祝寿时，才会做这道点心。晏瑶贝感谢的口吻："原来今天还有蓬莱仙女！"

"我们不就是仙女嘛！"钟夭夭傲娇地做出可爱的姿势，一贯板着脸的钟濯濯都忍俊不禁。

云离安指着立在水榭中央的两个竹壶，淡淡地问道："这是要投壶比赛吗？"

晏瑶贝这才注意到宴会上除了准备吃食，还有论语玉烛酒令筹筒等玩乐的小玩意，投壶就是其中之一。

这是极为简单、又普遍的游戏，谁投到竹壶里的羽毛箭多，谁就赢了，她在弘风县时经常和哥哥晏恩贝一比高低。

"是啊，是啊，宴会还要等一会儿，我们先小玩一会儿。"钟夭夭顺手拿起一支白色的羽毛箭精准地投入远处的竹壶里，她还递给晏瑶贝一根朱色的羽毛箭。

晏瑶贝的运气就差多了，不但没投进去，还把装羽毛箭的竹壶掀翻了，圆圆的竹壶借着外力一直滚落湖水中。

"啊！"晏瑶贝有些尴尬。

钟夭夭大声称赞道："瑶贝姐姐，你的力气好大啊！"

"呃！"晏瑶贝的脸都红了。云离安从未见过晏瑶贝如此的窘态，好可爱的姑娘。亭前水榭的气氛变得暧昧而温暖。

钟濯濯朗朗而笑，他大手一挥地吩咐道："碧云，再去取两支竹壶来！"

"是！"悠扬的琵琶曲调戛然而止，名唤碧云的女子放下

215

怀里的曲项琵琶，迈着婀娜的碎步走了出去。另一位弹奏琵琶的乐女——梦楼也放下琵琶，捡起落在地上的羽毛箭。

晏瑶贝不好意思地说道："好久没有练习投壶了，手生了许多。"

钟夭夭大笑着双手叉腰，豪气地说道："这叫术业有专攻，哈哈，县丞负责查案，不良人负责抓坏人！"

晏瑶贝笑而不语，云离安疼爱地看着她。

清风拂过，水榭内回荡着芬芳的花香。钟濯濯眸光一闪，转而说道："你们知道吗？就在你们进府这会儿，西市和东市同时出了大消息。一件是有人同时买下了长生镖局、宁家镖局和洪武堂，莫夫人带着幼子离开了长安城，听说回沧州老家了。一件是平康坊出了最年轻的新坊主。"

啊！晏瑶贝和云离安双双脸色大变，晏瑶贝着急地问道："金主是谁？"

钟濯濯语出惊人："金主是平康坊的新坊主！"

"谁？！"云离安抿着薄唇。

"云娘！"钟濯濯刻意地咬重了两个字。

"是红手门！"晏瑶贝的眸色深了下去。

钟夭夭大声说道："怕什么红手门，等我去平康坊把那个云娘抓起来，给瑶贝姐姐解气！"

晏瑶贝未语，平康坊是三教九流聚集之地，那里规矩不比朝堂上的规矩少。云娘能大大方方地坐上坊主的位置，说明红手门已经掌控了平康坊。

她们由暗转明是想做什么？

晏瑶贝想到了鸦青色宝石和萱草黄宝石。

钟濯濯侧目问道："你们查到了多少？"

晏瑶贝一怔，钟濯濯话里有话，显然问的是长生殿。陛下曾经说过若有事，可以找他，钟濯濯显然是知道长生殿的秘密的，他又知道多少？

自从踏进长安城，她和云离安历经生死，两条命辗转在一炷香又一炷香的生死瞬间，这让她明白了合作的道理。钟家在长安城根基颇深，或许……

晏瑶贝低头想了想，说道："我们已经查到天后改动了长生殿密钥，长生殿密钥在十二个护石人的手里，也就是刻有十二时辰的十二色的宝石。"

"你们得到了多少宝石？"钟夭夭快言快语。

"八颗！"晏瑶贝坦诚而言，"除了寅时鸦青色宝石、申时萱草黄色宝石、戌时竹月色宝石、亥时月白色宝石，其他宝石都已经找到。"

"那这四颗宝石可有线索？"钟夭夭又问。

晏瑶贝淡定地应道："寅时鸦青色宝石在红手门的手里，申时萱草黄色宝石是长生镖局接下的暗镖，目前来看也在红手门手里。至于戌时竹月色宝石和亥时月白色宝石……"她停顿了一下，继续说道，"这两色宝石是过世的莫连成的家传之物，我也不知道在哪里，只知道与海棠花有关。"

"海棠花……"钟夭夭喃喃自语，面带沉思。

这时，许久未语的云离安莫名地低吟了一句："应怜萱草淡，却得号忘忧。原来钟侯爷的雅号是忘忧居士！"

"云公子真是好兴致！"钟濯濯微笑，"太祖父晚年远离庙堂，闲时种种昙花，画画花草，自诩忘忧。"

云离安眸色幽深地盯着那片昙花，俊朗的脸颊映出半明半暗的影。晏瑶贝关切地看过去，云离安微微一笑，两人无意间默契的眉目传情映在钟濯濯的眼眸。

钟濯濯的语调转而低沉，话锋一转："长安城表面安静，实则暗流涌动，所有人在寻找长生殿，天子在寻找，各方节度使在寻找，红手门也在寻找，还有你们……"

"是啊！"晏瑶贝直言不讳，"我和云离安受陛下之命，寻找长生殿密钥。"

钟濯濯惊呼："你们喝了尼雅马利？"

晏瑶贝深情地望向云离安。云离安伫立在水榭栏杆处，映衬着波光粼粼的湖面，宛如九宫天阙的风骨先人。晏瑶贝第一次想到了同生共死，她安静地点了点头。

钟濯濯重重地叹了口气："当年，我们三人的先辈因此而死，没想到今日我们也重蹈覆辙，这长生殿到底在哪里？真的能扭转乾坤，重现大唐盛世吗？"

"看上天给多少缘分！"晏瑶贝感慨地说道。

亭前水榭内鸦雀无声，萧瑟的琵琶曲转而低沉、低沉、再低沉，低沉到每个人不安的心……

突然，阳光正好的花园方向传来一声尖叫，一位身着藕色襦裙的女子慌慌张张地跑过来。

"护军，小姐，不好了……"女子上气不接下气地拍打着胸口，"完了，完了！"

钟夭夭端着大小姐的脾气，怒气地训斥道："秋辰，你是府内看守珍宝库的老人儿了，今日有贵客在，莫失了钟府的规矩！"

秋辰急得落了泪："小姐，对不起，真的不好了，碧云、碧云死了，管家宁远正派府内的家丁搜查凶手呢！"

"碧云死了！"钟夭夭和钟濯濯震惊地呆住了。晏瑶贝和云离安也怔怔地看向彼此，晏瑶贝似乎闻到了一股清爽醒脑的味道。

"当"的一声，梦楼的琵琶应声落地，她举起一方帕子掩面哭泣："碧云姐姐……"

一场宴会终结于血色的悲哀乐章！

阵阵凉风吹过，亭前水榭内的温度急转直下，残破的花瓣漫天飞舞，吹皱了死寂不详、迷雾重重的湖面……

生死有命，富贵在天。当一个大活人站在你面前，你不曾在意，一盏茶的工夫她变成了一具狰狞的尸体，你才会相信命运无常这四个字的重量。

小花园内安静如初，疏离的树影悄无声息地卷起一条留白的缝隙，撬动了暗黑的罪恶，晏瑶贝和云离安仔细地检查着碧云的尸体和周围的线索。

碧云是听从钟濯濯之命来取竹壶的，亭前水榭离这里大概要走一盏茶的时间，附近并没有发现竹壶，也就是说碧云离开亭前水榭，刚走到这里就遇害了。

是她看到了什么？还是凶手故意守株待兔？

以晏瑶贝多年办案的经验，这种情况下，只能从死者身上寻找疑点。

"碧云是被人勒死的！"云离安笃定地说道，"从脖颈上的痕迹来看，她是从后面被人勒死的。勒死的瞬间，她曾挣扎，蹬掉了一只鞋子，指甲缝隙里有鲜血的痕迹，是抓挠凶手留下的。不过，这痕迹……"云离安刻意地看了晏瑶贝一眼，晏瑶贝凑过来，她嗅到一股熟悉的味道，是她？！

晏瑶贝的目光瞄向了远处……

钟夭夭难得理智，她盯着碧云的尸体，眯着双眼分析得头头是道："紫薇树下没有打斗的痕迹，四周的草木没有成片地倾倒，碧云是在没有防备的状态下遇害的，凶手应该是她认识的人，或者是让她毫无戒心的人！"

"凶手就在府内！"钟濯濯的眸光幽深如海。

"碧云——"梦楼捂着胸口，哭得更厉害了。

钟夭夭愤慨地拔出无环刀，痛骂道："敢在钟府杀人，是活得不耐烦了！"

钟濯濯铁青的脸色，厉声地命令道："宁远，让吴征烈带神策军来，仔细搜查府邸，一只老鼠都不能放过。"

宁远的脸惨白得像丧礼上的白纸人，他的额头满是热汗，显然是被眼前的一幕吓坏了。他瞥了一眼尸体，断断续续地说道："护军，吴征烈已经、已经带神策军到了，他们正在搜查后厨和正堂。"

"把府中的人都叫过来，一个个地审！"钟濯濯咬着牙根。

"是！"宁远转身离去，婢女秋辰抖得厉害。

钟夭夭愤懑地踢过小径上的青石，嘟囔地骂了几句恶毒的长安调，她的脸色很差，眼睛里蠕动着炙热的火苗，足以吞噬黑暗中的罪恶。

云离安沉稳地问道："是谁发现碧云尸体的？"

"是我！"秋辰哆嗦地站出来，"今日府内设宴，宴请贵客，我负责在后厨催促膳食。可是，我不小心地烫伤了手。"

她摸过红肿的手背，吹了吹，"幸亏刘厨娘有清凉膏，涂过才好些。"

"那你来亭前水榭做什么？"晏瑶贝又问。

秋辰应道："刘厨娘说雪婴儿、金乳酥、过门香、见风消都出锅了，不知道先上哪个小食儿，就让我找小姐来问问。我从厨房出来，着急地赶往亭前水榭，路过这里的时候，发现紫薇树下有人。我以为是府上新来的小婢女在偷懒耍滑呢，还大声地训斥了几句。可是没人回应，我发现不对，便凑过来瞧，这一瞧不要紧，哎哟……"

秋辰抹起眼泪，手背上一片红肿："我发现是弹琵琶的乐女——碧云。"

"当时她已经死了？"云离安谨慎地又问。

"嗯，她一动不动，我吓得要命，就不停地大喊大叫！"秋辰掩面哽咽，"恰好宁远来了，宁远让我去禀告护军和小姐，他去找人搜查凶手。"

"宁远！"晏瑶贝想起那位身材高大，五官深邃的男子，他的眼睛好像是深褐色的，"他是胡人？"

钟濯濯点头："宁远的娘亲是胡女。"

"哦！"晏瑶贝微微点头。

"宁远重情重义，做事稳重，妻子过世多年而未再娶，在府中口碑甚好，上个月管家陈九九办错了差事，宁远被哥哥命为钟府的新管家。"钟夭夭解释，"对了，碧云和梦楼就是宁远从平康坊寻来的，这两人的琵琶弹得出神入化，我还想留她们在府中多住几日呢。"

"这么说碧云、梦楼和宁远很熟？"晏瑶贝侧目。

"让梦楼自己说吧！"钟夭夭指向脸色青白的梦楼。

梦楼年纪不大，一直皱着眉头，捂着胸口，她的唇色泛起了青紫色。

"她有心疾！"云离安快速将一颗药丸塞入梦楼的口中，叮嘱道，"压在舌下含服！"

梦楼重重地喘了口气，唇色渐渐变得红润。

"多谢公子！"梦楼对云离安行下大礼。

云离安将一个褐色的小瓷瓶交到梦楼手里，柔声说道："心疾是重症，都是从娘胎里带来的，祛除很难，重在调理。今后不要太过劳累，不要大悲大喜，若是感觉不舒服，就含服一颗。这瓶若用完了，就拿着空瓶去东市和西市的云家药铺去换瓶新的，记住，药瓶别丢了，药童只认药瓶，不认人。"

"多谢公子救命之恩。"梦楼依旧捂着胸口、低着头，一副心事重重的模样。

晏瑶贝想问她几句关于碧云的事情，考虑到她的身体，暂且忍下。这时，宁远带着府中的下人吵嚷地走了过来。人群中，一个身材瘦小的男了尤为显眼，他的脸上有两道长长的抓痕，右手缠着白纱。

晏瑶贝会意地看向云离安，云离安也正盯着那个男子。两人谁也没说话。

宁远将府中的下人分成两排，恭敬地禀告道："护军、小姐，人都到齐了！"

钟濯濯愤慨地拔出匕首飞向花园深处的紫薇，锋利的匕首牢牢地钉在树干上，细密的树叶散落一地，像是送往黄泉路上的纸钱。下人们吓得连大气儿都不敢喘。

"说，到底是谁杀了碧云！"钟濯濯黑着脸。

"我没有！"

"不是我！"

"护军明察！"

"……"

下人们恭敬地跪在地上，七嘴八舌地为自己辩解。唯独那名瘦小的男子我行我素，不合时宜地打起了哈欠。晏瑶贝看得仔细，他左手的手背上也有两条泛着血丝的抓痕。

他是？

钟夭夭愤恨地挨个扫过一遍，目光幽幽地说道："哼！想要证明自己的清白也可以，你们每个人都要指认一名凶手。"

"啊！"下人们都惶恐得吓破了胆子，那名瘦小的男子依旧慵懒。

晏瑶贝劝慰道："夭夭，这么做不太妥当吧！"

钟夭夭重语："有何不妥？在我钟府作乱，在我和哥哥的眼皮子底下杀人，真是吃了熊心豹子胆。宁可错杀三千，不能放过一人！今日就算屠府，也要找出凶手！"

"这……"晏瑶贝的眸色深了几分，钟夭夭正在气头儿上，言语和行动难免过火。不过，她和钟濯濯激动的情绪也在情理之中，钟府这样的侯门深府自然有自己的规矩，谁能容忍在自己的地盘出现凶案呢？

到底是谁杀了碧云？

晏瑶贝仔细听着下人们为自己辩解的话语，几乎所有下人都在为今日的宴会忙碌，根本没有人注意到碧云。有些人甚至不认识谁是碧云，唯一可疑的就是那名瘦小的男子。他不辩不解，似乎看透了整个凶案的过程，知道幕后真凶是谁。

晏瑶贝走到那名男子的面前，不动声色地问了一句："你这抓痕是……"

"没什么！"那男子避开晏瑶贝的问话，瞪了宁远一眼。宁远一点儿没含糊，径直回了一句："陈九九，这是护军和小姐的贵客，长安神探——晏县丞。晏县丞查办了长生客栈的纵火案、长安城的无脸案、辟邪石狮兽案、长生镖局案，尔等雕虫小技在晏县丞面前毫无用处，千万不能说谎！"

他就是钟府的前管家陈九九？晏瑶贝仔细看去，陈九九的脸上写满了对宁远的不满，不，那不是不满，而是仇恨，他对宁远有恨！

那他会不会因为宁远找来碧云的差事办得好，杀人泄愤呢？

钟夭夭也想到了这一点，她将一把锋利的匕首抵在陈九九的下颌，威逼道："说，你脸上、手上的抓痕是如何弄的？"

陈九九不敢乱动："小、小姐，我没杀人啊。"

"还敢狡辩！"钟夭夭的匕首抵得更深了，"说，抓痕是怎么弄的？"

陈九九吓得战栗："我真的没有杀人啊。今天一早，宁远说小姐和护军在亭前水榭宴请贵客，担心飞鸟扰了贵客清净，让我去赶鸟。我一时气不公，怕人笑话我，又不得不听从宁远的安排。为了赶鸟，我借了两只大黑猫。没想到那两只大黑猫牙尖，爪子锋利，把我挠得……"

陈九九张开双手，委屈地说不出话来。

"你说谎！"婢女秋辰神色犹豫地反驳，"小姐，我从厨房的路上遇到了陈九九，他的手受了伤，见到我，慌乱地跑开了，我也不知道为什么！"

陈九九厉声大喊："秋辰，你休要血口喷人，杀害碧云的人是你！"他的话宛如一颗火药剧烈的爆竹生生炸开了隐秘角落的一角，"我亲眼看到秋辰用绢帕捂住碧云的嘴，碧云临死前抓破了秋辰的手背。"

晏瑶贝惊讶地看向秋辰红肿的手臂，那分明是热气灼烫的伤，陈九九的语气却如此坚定。

秋辰哭个不停："陈九九说谎，我的手是烫伤的，刘厨娘可以作证。"

人群中站出一个身材丰腴的女子，她的额前绑着靛蓝色的头巾。

"秋辰的手的确是烫伤的，我给她涂了清凉膏。"

"不知清凉膏里是否有薄荷和猪油？"云离安皱起眉宇。

刘厨娘点头："公子厉害，我娘也是厨娘，这清凉膏就是她传给我的，的确有薄荷和猪油。"

云离安朝晏瑶贝微微点头，晏瑶贝沉思片刻，紧紧地抓起秋辰的手，秋辰瞪圆了双眼。

"你是红手门的人！"晏瑶贝决然地掀开她手背上那张伪装红肿的贴皮，贴皮之下是两道红肿的抓痕，每条抓痕上都有油亮的油渍。

"我、我……"秋辰胆怯地看向钟夭夭。钟夭夭愤怒到极点，咬牙切齿道："是你杀了碧云！"

"还有……他！"晏瑶贝指向宁远。

宁远颤抖："不关我的事。"

"是吗？树下没有打斗、纠缠的痕迹，碧云比秋辰高出半头，秋辰是不可能一个人勒死碧云的。"晏瑶贝的语调变得锋利，"不是你用那条红绸带勒死了碧云，秋辰再用绢帕捂住碧云的嘴吗？"

"你怎么知道是红绸带！"宁远惊愕地张大了嘴巴，"我已经将红绸带烧了！"

晏瑶贝朝云离安莞尔一笑。云离安淡淡地叹过："这重要吗？宁远已经承认了！"

宁远意识到自己中计了，他瘫坐在地上，怔怔地看向秋辰。

秋辰死死抱住钟夭夭的腿，恳求道："小姐饶命，饶命啊！"

"死、有、余、辜！"钟夭夭动了杀气。

钟濯濯怒目盯着宁远："我待你不薄！"

宁远跪地哭泣："护军，我，我……"

陈九九不慌不忙地从怀里掏出一本账册，重语道："宁远，我劝你还是对护军说实话吧。钟府的第一条规矩就是下人之间不得私相授受，你表面上重情重义，背地里却做着下三滥的事情，你与秋辰有私情。碧云告诉过我，昨夜，她撞见你和秋辰约会，你们担心碧云在护军和小姐面前告发你们，便利诱碧云，送了她一对和田的玉镯子。我见过那对玉镯子，那是侯爷和夫人的定情信物。我去查过秋辰看守的珍宝库，这段时日，你们不仅犯了府内的规矩，还联手偷盗府内财物，珍宝库里的子字目下的玉器细软被你们拿了半数。我本意要在护军和小姐面前揭发你们，你们却在护军面前诬陷我。"

226

钟夭夭焦虑地抢过账册，草草地翻过几页，美艳的小脸愈加的苍白。

"你竟然敢骗我！"钟濯濯振臂一挥，神策军一拥而上，宁远身中数刀。

钟夭夭揪起目光涣散的秋辰，凶狠地逼迫道："说，你们把偷盗之物藏在了哪里！"

秋辰胡言乱语地比画："云姐姐说，要和喜欢的男子在一起。我要和宁远哥哥远走高飞，找一处没人的地方，生几个胖娃娃，好好过日子！"

"废物！"钟夭夭重重地将秋辰摔在地上，狰狞地大喊道，"去搜，把丢失之物都要找回来，一个都不能少！"

"是！"神策军得令而去。

下人们吓得密密麻麻地跪了一地，谁也不敢说话。

晏瑶贝、云离安长吁一口气，说到底，今日之事是钟府的私事，至于府内丢了什么，如何寻回，两人都不好再过问。晏瑶贝看向烈日下的亭前水榭，蔚蓝的天边卷起一片洁白的鱼鳞云，那片昙花在湖水的映衬下那般的妩媚动人，四周仿佛又响起了一个时辰前的悠扬乐曲。

"大弦嘈嘈如急雨，小弦切切如私语……"随波逐流中有人想抓住一块石头，一根水草，改变自己的流速和轨迹，让自己飘得更稳。可惜的是：不是她没有抓住，而是有人残酷地打落了那双求生的手。

两朵并蒂花，少了一朵，到底失去了一曲红绡的雅致！

梦楼呢？晏瑶贝顺眼望去，人群中的梦楼捂着胸口，面色苍白地喘着粗气。

"梦楼姑娘！"

晏瑶贝习惯地牵起云离安的手，急切地走了过去……

夜色沉寂，暗淡的天边卷起一层层厚重的云，清冷的月光被掩在暗处。晏府的正堂亮着灯，角落里燃烧着通红的炭火，茶炉里飘出浓郁的清香。细微的烛光下有两道挺拔的剪影，单薄的双影点亮了天地间的晦涩。晏瑶贝和云离安坐在几案前，几案上整齐地摆放着十二色的宝石和那朵枯萎的海棠花。

云离安柔情地盯着眼前的倩影，那抹艳丽的红影镌刻在他的心底，凝固成一点圆润的朱砂。从见到她那刻起，他习惯将她融入一幅佳画、一道美景、一面屏风。只有这样，他才能看到另一个她，那是一个真实洁净、聪慧美丽又胸怀正义、充满勇气的少女！

"喝杯茶吧，火候刚好！"云离安端起兔毫紫瓯送到晏瑶贝的面前，那清亮的茶水在万千银兔毫的缝隙中荡漾，仿佛困住了整座银河。

"嗯，海棠花……"晏瑶贝盯着海棠花，低着头小啜了一口，涓涓的茶香纤秾简古，添了几分澹泊的畅意。她呢喃道，"著雨胭脂点点消，半开时节最妖娆。"这首咏海棠花的诗似乎带着痴男怨女的韵味，和惊心动魄的长生殿没什么关系。

莫明山留下的海棠花到底代表什么意思呢？

晏瑶贝皱着眉，凑到银莲花的烛台前，那缕烛光微微晃动，从烛芯传递来的热量灼烧着香烛的筋骨，香烛发出蚀骨灼心的吱吱声，散发出藏在灵魂深处的香气。

烛芯似乎长了些，晏瑶贝顺手拿起竹篮里的小剪刀，笨拙地去剪那跳跃的烛芯，无形的烛芯乱晃不止，将小剪刀烧得火热，险些灼了她的手。

"我来吧！"云离安优雅地卷起衣袖，接过晏瑶贝手中的剪刀。烛光交错间，照亮了两人手腕上两道鲜艳的脉络。尼雅马利的毒素已入肌里，两人皆心知肚明，她和他的时间不多了。

晏瑶贝抚摸那面古朴的铜镜，光滑的镜面冰冷无声，仿佛她此刻的心。她望着萧瑟黑暗的庭院，苦涩地自言自语道："海棠花到底是指什么？"

云离安干练地将铜镜移到自己面前，顺手夹起一颗小贝片落在铜镜的中央，朗朗地说道："有时候真相离我们只有一步之遥，这一步有多远，就看我们的步子有多大了。这次，你来念，我来射覆！"

"你也会射覆？"晏瑶贝问完就后悔了，如此的谦谦君子，怎能不懂射覆呢？

云离安沉稳地夹起一颗小贝片精准地落下一子，低吟道："莫明山是十二位护石人中的最末一位，他的前一位护石人是白居士，他的占位是空，也就是无，所以莫明山同时掌握戌时竹月色宝石和亥时月白色宝石。"

云离安又捡起一颗小贝片重叠地覆在小贝片的上面。晏瑶贝一一指向几案上的宝石，蹙眉说道："海棠花为花，花姿潇洒，花开似锦，属木。木秉天之风气，来也匆匆，去也匆匆。"

云离安摩挲着一颗光滑的小贝片，沉思道："戌时为日暮，亥时为定昏，为十二时辰之末，一日之终，皆为黑暗。"他盯着铜镜上奇怪的星图，那是一片无光之地，唯一的出口就是铜镜中央的洞口，黑暗中仿佛有双命运之手在指引方向。

云离安情不自禁地捡起了那颗阻碍光明的小贝片，宝贵的光透镜而出，点亮了整盘星图，原来黑暗就是无光之地。

晏瑶贝也读懂了星图的意思，她惊呼道："天后扭转了乾坤，颠倒了十二色宝石的位置，首为尾，终为首，这两颗宝石在无光之地，那是长生殿门的入口。"

"没错，你看这十二色宝石的布局是什么？"云离安挑眉而问。

晏瑶贝盯着那些无规则的小贝片，脑海中拓出一座连绵的山峰，那是一匹驰骋的骏马。她激动地说道："这是——"

云离安坦言："海棠花属木，东方属木，这是双射，双覆。海棠花藏于山峰之内，山峰位于长安城东。"

"是骊山！"晏瑶贝脱口而出，一切谜题迎刃而解。

云离安托起那朵枯萎的海棠花，眸心映出一抹殷红："戌时竹月色宝石和亥时月白色宝石就是骊山的海棠花。"

晏瑶贝激动地站了起来。

天已大亮，明艳的光将长安城照得满眼的白。世人都以为这光芒会阻挡黑暗，却不知道头顶的天空从未变过。从旭日升起的那一刻，无数缕光芒奋力地在空中发出绚丽的色彩，驱散了茫茫的黑暗，点亮了古老的长安城。

光终有尽时，黑夜再无人阻挡！

晏瑶贝吹灭了那半截白烛，小心翼翼地收起最后一颗小贝片。如今十二色宝石都已经明了，除了寅时鸦青色宝石、申时萱草黄色宝石在红手门手里，她和云离安已经寻到子时百草霜色宝石、丑时玄色宝石、卯时妃色宝石、辰时秋香色宝石、巳时琥珀色宝石、午时胭脂色宝石、未时朱槿色宝石、酉时雪青色宝石。

今日是第七日，时间紧迫，她和他没有时间了。自从她和哥哥晏恩贝在别无道遇险，看似毫无关联的背后隐藏着一只无形的手，那是红手门。

红手门牢牢地掌控着长生殿，她和他解开一道谜题，又会陷入另一道谜题，周而复始，始终摸不到那只无形的手。

红手门想做什么？晏瑶贝好深沉地问道："我们真的要去平康坊找云娘吗？"

云离安温柔地牵起晏瑶贝的柔荑，缓缓地说道："我们在明，她在暗，我们的一举一动都在她的掌控中，不用我们去寻，她自会主动登门的。"

"真是便宜了红手门！"晏瑶贝心有不甘。

云离安淡定地说道："从目前的情形来看，当年无极道人掌控红手门的门主，布下长生殿杀局，我们的先人用性命阻挡了危机，保住了长安城的百年之安。如今历经百年，大唐渐入暮年，红手门在执行相同的任务，而你我就是破局之人。变数有很多种，生死一瞬是变数，绝处逢生也是变数。世间充满了变数，不到最后关头，难分胜负！"

"现任的红手门门主是谁呢？"晏瑶贝问出心底最终的疑问。

云离安的眸心燃起熊熊的烈焰，他的脑海中闪过了一个模糊的面孔，那张面孔沉浸在浑浊的水面之下，那是一张冰冷的铁面！

这时，外面传来"咚咚"的叩门声，晏瑶贝心头一顿，云离安脸色凛然地说道："贵客上门了！"

一炷香的工夫，夏末带来的贵客出乎了晏瑶贝和云离安的预料，竟然是他们在钟府救下的乐女——梦楼。昨日，云离安救了梦楼两次，梦楼带来了一个珍贵的礼物，而礼物的背后是惊天的大秘密！

"长生殿，保长生，大唐永长生！"

"毁长生，保大唐！"

尘封百年的长生殿到底能重新开启大唐盛世，还是将大唐送上末路？！

这是晏瑶贝来长安城最忙碌的一天，她和云离安送走梦楼便出门了。两人从辅兴坊出发，先去了太极宫，然后在张公公和一行黑衣暗卫的护送下，穿过昔日辉煌的太平坊，来到兴化坊的钟府，钟濯濯、钟夭夭和一众神策军加入了队伍。

这支队伍沿着朱雀大街一路向东，包围了整个平康坊，平康坊新任的坊主云娘主动站了出来，跟着队伍上了路。

这支队伍穿过东市，伴着休市的鼓声悄无声息地出了通化门，走出长安城，赶往神秘莫测的无光之地。

骊山，秦岭之脉，山势逶迤，树林葱茏，传说这里是女娲炼石补天的地方。位于长安城的东方，宛如一匹拉动大唐这架巨车的骏马，奔驰在天地之间。骊山的故事很多，可谓是一步一景，贯穿千年。

在本朝，最动人的故事在骊山脚下，那里有一处风光旖旎、穷极奢华的别宫，世人称之为华清宫。华清宫背山面渭，倚骊山而建，又名骊山宫。

香山居士曾诗曰："春寒赐浴华清池，温泉水滑洗凝脂。

232

侍儿扶起娇无力，始是新乘恩泽时。"华清宫风景壮丽，楼台馆殿遍布骊山上下，尤以温泉盛名。

当年，玄宗为博贵妃一笑，大修华清宫。宫内分东、中、西三个区域，分别有瑶光楼、梨园、飞霜殿、御汤九龙殿、玉女殿、虚阁、七圣殿、功德院、长汤十六所、笋殿、芙蓉汤、集灵台等，处处都留下了玄宗和贵妃相伴余生的足迹和相爱的誓言。

晏瑶贝和云离安的目的地是芙蓉汤，芙蓉汤在华清宫的西侧，是一处最华丽的温泉汤池，石砌如海棠花，又名海棠汤，这是玄宗以爱之礼赐予贵妃娘娘的。海棠汤池小巧玲珑，上下两层，由十八组卷石拼成，池壁皆由墨玉拼砌，光滑细腻。

钟夭夭好奇地凑到落满灰尘的汤池前，拂过白玉雕刻的莲花喷头，歪着头问道："这就是长生殿的入口？"张公公、钟濯濯、云娘皆神色凝重地盯着晏瑶贝和云离安。

晏瑶贝点头道："莫明山是十二护石人的最后一位，他所守护的戌时竹月色宝石、亥时月白色宝石并不在自己手里，他只有一朵枯萎的海棠花，天后颠倒了十二颜色宝石的时辰和位置，这最后两颗宝石就镶嵌在我们面前的海棠汤。华清宫在骊山脚下，海棠汤在华清宫内，戌亥交替之时，月光移走，海棠汤就变成了无光之地，镶嵌在池底的那两颗宝石就是开启长生殿大门的钥匙。"

"那我们快进去吧！"钟夭夭着急地想跳下汤池，钟濯濯一把拦住她，"小心！"

云离安提醒道："天后生性多疑，不会完全相信一个人，她既颠倒了乾坤，就不会轻易地让第二个人颠倒乾坤。"

他的话音刚落，晏瑶贝诧异地看着他，从目前掌握的线索看，并不知道当年天后到底做过什么，云离安为什么这么说？他的葫芦里卖着什么药？

云离安微微勾起唇角，他有自己的打算。今夜涉险，几方力量的较量，他和她的力量最薄弱，能否活下去不得而知，能否完成先人留下的嘱托也不得而知。他有种预感，长生殿是无光之地，长生之所，亦是轮回之地、死亡之所。

此行凶险！

她若有恙，他不会独活。但是他坚信，有先人的庇护，她和他都会逃出杀局。

"天后！"张公公听出云离安话中的深意，他惊喜地说道："云公子的意思是天后点亮了长生殿的宫灯，照亮了长生路，才会……"

"天机不可泄露！"云离安故弄玄虚地看向幽深的池底。

"快去寻找那两颗宝石！"张公公贪婪地挥动衣袖，黑衣暗卫们跳入池底。云离安将晏瑶贝护在怀里，云娘的眼底满是深深的怨恨。

"在那里！"眼尖儿的钟夭夭在一片墨色的玉石中找到一颗竹月色宝石，晏瑶贝在对称的位置找到另一颗月白色宝石，两名黑衣暗卫同时按动两颗宝石。

伴随着剧烈的震动，是两名黑衣暗卫鬼哭狼嚎的吼叫。渐渐的，两人没了气息，像被定在池底一般，变成两尊守护殿门的门神。鲜红黏稠的血铺满池底，缓缓地流向一条深不见底的缝隙。云离安握紧晏瑶贝的手。

当一切归于沉寂，嗜血的池底开启一扇潮湿阴暗的石门，石门内黑暗无光，仿佛通向没有尽头的地狱。

"点燃火把！"钟濯濯厉声大喊。一众神策军迅速燃起火把，照亮了那扇石门，石门上刻着篆体长生二字。

"果然是长生殿的入口。"有神策军在前探路，张公公颤颤巍巍地跳下池底，不顾危险地走进石门。晏瑶贝、云离安、云娘跟在后面，钟濯濯和钟夭夭走在最后。

这是一段极远的路，也是一段极近的路，远是因为地宫的甬道笔直漫长，近是因为甬道两侧的石壁上镂刻着大唐绚丽多彩的历史。

这里有金戈铁马的盛世凯旋，有雍容华贵的宫廷宴会，有长河落日圆的孤烟大漠，有勇往直前的胡商驼队，有喧嚣戏耍的市井集市，有婀娜多姿的胡旋舞，还有风尘仆仆的遣唐使……

一幅幅栩栩如生的壁画讲述着大唐太多太多的过往，精彩绝伦、繁花似锦的画面让人移不开眼睛。张公公从哽咽到低泣，到恸哭，那悲戚的哭声沉浸着对大唐深深的眷恋！

一行人不知走了多久，前面的路越走越宽，终于来到传说中的长生殿。

晏瑶贝仰望着空旷的宫殿，惊愕地揉着双眸，她严重怀疑整座骊山被掏空，实在是太大了。宫殿两侧各有六根汉白玉的石柱，石柱的顶端挂着大唐的龙旗，龙旗之下是六角宫灯。

宫殿中央是一座巨大的日晷，日晷上刻着十二朵焦骨牡丹，那是大唐的国花。焦骨牡丹的花蕊里藏着十二时辰，除了戌时和亥时，其他时辰的笔画上各有形状不一的凹槽。

那就是扭转乾坤、永保大唐长生的密钥！

“快，快将十二色宝石放上去！”张公公激动地手舞足蹈。

晏瑶贝没有动，她瞄了云娘一眼，故意说道：“还请红手门交出寅时鸦青色宝石和申时萱草黄色宝石！”

“这……”云娘的神态有些犹豫。

张公公急了，他黑着脸，大声训斥道：“交出来，若天子还都，大唐长生，陛下必定给红手门记上大功一件！”

钟夭夭催促道：“是啊，快交出来！”

“可是……”云娘握紧了腰间的荷包。

晏瑶贝眸色一转：“红手门不会是没有这两色宝石吧！”

“当然有！”云娘抿着泛白的唇，拿出寅时鸦青色宝石。

“申时萱草黄色宝石呢？”晏瑶贝追问，“红手门若没有，拿什么筹码与我合作？”云娘沉默未语。

云离安笑了：“我这里有一颗。”他手腕一抖，从袖袋里拿出申时萱草黄色的宝石，惊了在场的所有人。

钟夭夭睁大眼睛：“怎么、怎么会在你手里！”

晏瑶贝挑起柳眉，语调微凉地说道：“没有想到吧！这颗宝石的身世离奇，它就是长安城暗网上的暗镖，长生镖局的莫连成因它而死。后来又有三人因它而死，分别是碧云、宁远和秋辰。”她直勾勾地盯着钟夭夭和钟濯濯，“我说得对吗？”

钟夭夭发出嘶哑的冷笑，云娘震惊地看着她。

“你是什么时候发现的！”钟夭夭凶残地问。

晏瑶贝冷笑：“我从来不知道钟家还有如此的野心，你也没想到令自己露出马脚的是钟府的下人吧。你为了得到申时萱草黄色宝石，以暗镖的形式利用徐镖师杀死莫连成，又接手了两家镖局和洪武堂，然后将到手的申时萱草黄色宝石藏在钟府的珍宝库。你万万没有想到，宁远和秋辰生情，两人偷盗财物，竟然盗走申时萱草黄色宝石。你更没有想到的是秋辰哪里知道申时萱草黄色宝石的重要，她用这颗宝石利诱乐女——碧云，而碧云又将这颗宝石送给了她的好姐妹——梦楼！"

云离安接着说道："梦楼有心疾，她为了感谢我的救命之恩，亲自将这颗申时萱草黄色宝石送到晏府。"

钟夭夭咬牙："原来是那个小丫头！"

晏瑶贝微笑地重敲一锤："其实，我早该想到的。那日长生客栈大火，你冒死回房去找娘亲留下的物件儿，想来就是这颗寅时鸦青色宝石吧。我当时以为是云娘带走的，其实云娘只是配合死去的那名女子放火，真正拿走寅时鸦青色宝石的人是你——红手门的现任门主！"

"你怎么知道我的身份！"钟夭夭彻底露出残忍的本性。

晏瑶贝伤感的语调："徐镖师在临死前写过夭字的起笔，我当时以为那一撇是红手门的红字起笔，直到梦楼将申时萱草黄色宝石交到我手里，我串联起所有的线索才明白自己竟如此驽钝。我到长安城的每一步，调查的每一个案子，你都清清楚楚。原来你就是我身后的黄雀，你就是红手门的现任门主！"晏瑶贝又指向钟濯濯，"你们兄妹俩，一个掌控红手门，一个掌控神策军，你们钟家到底想做什么！"

钟夭夭无情地拨弄着长长的指甲，恨恨地说道："晏长倾和沈知意若泉下有知，一定欣慰了，你们晏家后人都是长安神探。不过，我们钟家后人也不错。当年钟离辞贪恋沈知意，抛下钟家和数十万昭义百姓的仇恨，如果不是无极道人布下长生殿杀局，钟家早就一败涂地，死无葬身之地了。"她话锋一转，疯狂地说道，"如今是乱世，人人都能开创新朝，我钟家为何不能？我钟家要拿回属于钟家的一切。"

"无极道人是钟家人？"云离安惊讶。

钟濯濯得意道："你们都没想到吧，无极道人是老侯爷的外室所生，是钟离辞的兄长。他蒙蔽了所有人，包括晏长倾、沈知意和云时晏，就连钟离辞也是后来才知道的。可是知道又有何用？凌烟阁杀局失败，长生殿杀局已开，这是一场百年前定下的狙杀，谁也不能活！"

钟濯濯拔出锋利的匕首："快交出十二色宝石，我保你不死！"

"不、可、能！"张公公愤怒地站出来，黑衣暗卫们一拥而上。云离安立刻将晏瑶贝护在身后。

这是一场恶战，刀刃铮铮作响，钟濯濯的神策军和张公公的黑衣暗卫难分胜负，损失惨重。钟夭夭和钟濯濯借着恶战之际，卑鄙地将刀抵在晏瑶贝和云离安的胸口。

"拿去！"云离安丢出装有十二个颜色宝石的荷包。

钟夭夭贪婪地接住荷包，心急地将十二色宝石一一放在日晷的花色凹槽里，十二色宝石纷纷发出五颜六色的光芒，逐一点燃了宫殿两侧的十二盏六角宫灯。

偌大的宫殿亮如白昼，大唐的龙旗迎风而展，真的照亮了那条笔直的、通往永生的甬道。

所有人都停止了打斗，神色惊愕地盯着甬道两侧墙壁上的壁画。

那一幅幅逼真的壁画仿佛变成了真实的画面，画中的人活了，马儿跑了，大漠起风了……

每个人都扑向了属于自己的那幅画，有人走向了大漠，有人走向了驼队，有人走向了胡旋舞。钟夭夭和钟灈灈同时走向了大明宫，张公公走向了遣唐使，云娘走向了市井集市。

贪恋的欲望之下，迷失终结于迷失，重逢终将会重逢！

晏瑶贝和云离安盯着眼前不可思议的一切，紧紧握住了彼此的手。

"大唐真的会长生吗？"晏瑶贝困惑地说道。

云离安摇头："长生殿是一面镜子，真正的意义不是大唐长生，而是留给天子的希望，有了这样的希望，谁会把心思放在朝政上呢？"

这是大唐之祸，还是大唐之福！

晏瑶贝看着一个个倒在甬道上的尸体，张公公的脸上还挂着喜悦的眼泪。晏瑶贝喃喃自语道："大唐的希望在哪里？"

云离安神色凛然地指向日晷上三个醒目的大字，一字一句地说道："别无道！"

突然间，十二盏宫灯全部熄灭，宫殿顿时黯淡下来。巨大的日晷开始不停地飞速旋转，越转越快，越转越亮，十二个颜色宝石的光芒凝聚到一起，汇集成一束强烈的白光，白光之下是虚幻的画面。

远隔千里的别无道正上演着一场空前的绝杀，一群身着铠甲的兵甲围剿着一位身背婴儿的男子。那位身姿隽秀的男子奋力地抗下迎面而来的利刃，婴儿清脆的哭声响彻整座染血的山谷。

云离安攥紧了拳。晏瑶贝失魂地伸出双手，颤抖地去抓那束隔离生死和现实的光芒。

"哥、哥！"